貓與影

阿谷 著

貓與影
作者／阿谷
策劃編輯／周淑屏
協力編輯／羅詠恩
美術設計／陳詩韻
出版發行／突破出版社
香港沙田亞公角山路 33 號突破青年村
電話：2632 0000　傳真：2632 0388
電郵：breakthrough@breakthrough.org.hk
網址：http://www.breakthrough.org.hk
http://www.btproduct.com
承印／海洋印務
2019 年 5 月初版 1 刷

Cat and Shadow
by A Gu
First Printing, First Edition, May 2019

Printed in Hong Kong
ISBN 978-988-8562-06-0

本書採用環保油墨印刷

每一個
年輕人都應當
乘着夢想的
翅膀出航。

成長文學

目錄

第一章　黃美蓮怎麼一下子消失了？

1

2000年，香港，某電影攝影廠。

美蓮拖着雪儀的小手，站在一號攝影棚的入口處。即使隔着毛手套（美蓮想起編織這手套的姨媽……），美蓮感覺到五歲女兒的寒意。

——竟然留意不到！

「喵——」連小芬也抗議了。哪怕還是貓咪咪，小芬已顯出不好惹的脾氣。

美蓮兩母女，於是退入幾步。風從入口掠過，陽光搧開一幅低矮的翅膀，覆蓋在雪儀圓頭的皮鞋上，小芬索性伏在上面，不知是自私，抑或是保護。

「Dashing through the snow
In a one horse open sleigh
O'er the fields we go
Laughing all the way

Bells on bob tails ring
Making spirits bright
What fun it is to laugh and sing
A sleighing song tonight

Oh, jingle bells, jingle bells
Jingle all the way
Oh, what fun it is to ride
In a one horse open sleigh
Jingle bells, jingle bells
Jingle all the way
Oh, what fun it is to ride
In a one horse open sleigh

A day or two ago
I thought I'd take a ride
And soon Miss Fanny Bright
Was seated by my side
The horse was lean and lank
Misfortune seemed his lot
We got into a drifted bank
And then we got upsot

Oh, jingle bells, jingle bells
Jingle all the way
Oh, what fun it is to ride
In a one horse open sleigh

Jingle bells, jingle bells
Jingle all the way
Oh, what fun it is to ride
In a one horse open sleigh yeah

Jingle bells, jingle bells
Jingle all the way
Oh, what fun it is to ride
In a one horse open sleigh
Jingle bells, jingle bells
Jingle all the way
Oh, what fun it is to ride
In a one horse open sleigh」

耳筒傳來聖誕歌曲，是教會派發的CD，美蓮隨便聽着，淡化打結的思絮。

等待着的腳步一步一步接近，隱約還聽見男人談話的聲音，向第一棚方向進發。

上海口音！

美蓮不由自主地緊張、發抖。

三個男人走入視線，前面一個身材瘦小，西裝畢挺，高雅的皮鞋，另外二人亦步亦趨，在後面逢迎着。

「不拍嗎？二十天不夠？沒關係。反正歌舞片我是不幹了，拉倒好了……」走前頭的男人發脾氣。

三個人走過美蓮身邊，快要步入攝影棚，美蓮看着三人的身影，急了，才結結巴巴：「唐先生……唐先生……」

被叫唐先生的人止住腳步，回頭。

因為背光，看不清楚，只見兩個一高一矮的影子，還有……貓嗎？

「誰？」唐先生不耐煩地問。

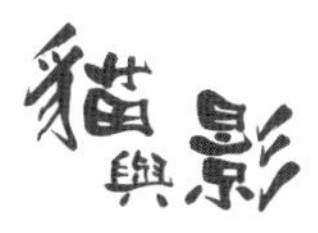

美蓮一下子來了勇氣。

「唐先生，我是你的——親屬，請你給我五分鐘，五分鐘就好。」

「老闆？」其中一個人問。意思是，要打發這人走嗎？另一個人卻按住他的手，示意不要作聲。

「唔——你們先進去。」似乎，同意了那個五分鐘。

「雪儀，你在這兒等我，不要走開。小芬，陪着雪儀。」美蓮俯身，跪下。要離開時，又把耳筒縮到最短，套到雪儀頭上，把播放機放入雪儀紅色的絨毛人衣口袋。

直起身子，走向丈夫口中的巨人。

空間愈走愈寬闊，棚的兩旁堆疊着佈景拆下來的木板。

唐先生板着臉，等候着。太陽不見了，遠方的燈光照射着。唐先生看清楚——年輕的女人，臉孔飄飄薄薄，本地人。要做明星？差得遠了。

「唐先生，」女人開腔了，「我是黃美蓮。」

「黃美蓮？」唐先生沉吟。

——原來完全忘記了我呢！

「黃美蓮，維垣的妻子。唐維垣。」換了一種說法。

——呀！

唐先生明白過來，那個將兒子從自己身邊搶走的廣東女人。

非常的厭惡！

「怎麼了？」

「垣哥——死了！」

「聽說了——」唐先生心口一抽，「過馬路，不，走在馬路邊，給倒後的貨車撞倒——我已經知道。」

——如果小垣沒有丟下電影王國不顧！如果他沒有遇見這個命薄的女人！

「你要什麼？」

「噢——不是這樣的。」美蓮呼吸急促。

「你要什麼？」重複，語氣近乎惡毒了。

「孩子，垣哥的孩子。」美蓮立刻指向入口，一說到女兒，眼淚快要掉下來了。

「啊——」唐先生視線繞過美蓮，看見一個小孩的背影。想了一會：「為什麼帶小孩來？」

——我患了不治之症。

美蓮應該這樣說的，不過，一個有骨氣的女人，不應該將女兒描述得可憐巴巴。

「因為……因為發覺她有一種藝術天分，好像是本能。」

「是嗎？」唐先生心中一喜，說中他內在的嚮往和驕傲了。

「哪方面的藝術天分？」

「……」很難啟齒，是對布料的鑑賞天分。巨人就是鄙視兒子愛上沒有學識的車衣女。

「算了——」不想對方以為自己想多了解孫兒，唐先生又說：「叫什麼名字？男孩？女孩？」

「雪儀——女孩……」

這個時候，有人在裏頭大聲喊：「安靜——第三場 take 3。」

對話給干擾。「什麼？——聽不清楚。」繼而又「殊」了一聲。

第三場 take 3 拍完了，不到三分鐘。三分鐘內，唐先生已想到不少追問的問題。

「你如何得知我會來片場？」

「我——我又回來服裝間幫忙。」

「竟然！——嘿！——」

「她——雪——」

「那孩子，你會放棄？完全放棄？」唐先生指一指雪儀，搶先問。

「是。」美蓮閉目說。心，碎了，完全碎了。

「唐先生——唐先生——」剛才的其中一個男人跑出來。

唐先生想立刻打發掉這個無名無份的兒媳。

「你知道小橋嗎？那個古裝佈景。」

「知道。」

「在那兒等我。」

唐先生走了。

美蓮看着消失的背影，百感交集。

2

小芬伸了一個長長的懶腰，站起身，滿面怒容。

肚了發出響聲，餓了。

她抬起頭，望一望呆呆站着的雪儀。

——我餓了，你聽見嗎？你不也是又冷又餓？雙腿在發抖呢！

——這個方法好嗎？丟下這個傻傻的孩子給我，你也是一名傻瓜嘛！

喵（唉）！

喵——喵——（給我好好待着，我去找你的傻媽媽）！

3

唐先生走過一棚、二棚、三棚，來到攝影廠北面的盡頭。小橋流水，楊柳青青，酒旗飄揚。一個永久性的戶外佈景，以柳州的原形搭建。兩旁的客店、貨鋪，即使後面是爛地只有門面，用料仍然十分考究。

電影大亨！如果只顧銅臭而抹煞藝術，是配不上電影大亨名譽的。

不過，小橋只有一條。情人在橋上相遇，武者在橋上廝殺，鏡頭記錄的，都是這座橋。

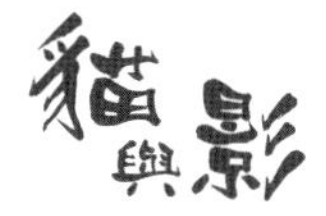

唐先生一面走一面檢查佈景的狀況。在這兒拍戲，得看老天爺的臉色，雨淋日曬又少不免，唐先生很「肉疼」。

小橋在望。

一個小孩站在橋頭，孤身一人。唐先生走近。

——比剛才目測的高大。

「你——」唐先生側起頭，回想，說：「殊——賢？」

孩子抬頭望着前面的伯伯，一臉茫然。

——意外地，非常俊俏的一張臉，眼珠黑白分明，一張「開麥拉」的臉。

「只你一個，媽媽呢？」

孩子雙手插袋，依然默不作聲。

「嘿——」唐先生四處張望，不見黃美蓮。過了一會，自言自語：「就這樣丟下孩子！……也好。」

唐先生伸手，想摸一摸孩子，立刻又縮回，轉而問：「多少歲？」

「五歲。」小孩立刻回答，謹記媽媽吩咐——待會有人問你多少歲，說是五歲。

終於開腔了，聲音沒有想像的清朗，帶點老氣沙啞。唐先生皺眉，如果從長相學來說，腔音，比相貌來得重要。

「五歲……唔，長的好像七、八歲——」

——兒子哪一年結婚？

——記不起了，算吧！

「你以後就待在我身邊。什麼『殊』，什麼『賢』，怪拗口，改了吧！我幫你起一個豪氣的名字。」

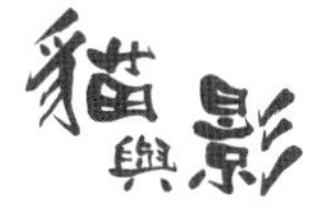

4

美蓮醒來，聞到黃麻的氣味。

身體像給什麼壓住了，背部傳來又濕又冷的寒意。一點光線也沒有，空氣異常稀薄，快要窒息了。

發生了什麼事？

美蓮依稀記得，有人說「服裝部失火！」所有人向同一個方向奔跑。有人推她：

「還不去幫忙？」

誰？

美蓮猶豫，再一次握起雪儀的手（她不知道，這是最後一次握着女兒的手）。

「你要賠的！至少，得重新做過所有戲服。」那人又說。

不再思量了，也跟着所有人往服裝部跑。

——就這樣，放開了女兒的手。

原來是一場虛驚——一個冒煙的煙蒂。

正要離開時，有人遞給美蓮一杯熱茶。

誰？

美蓮掙扎站起來——完全不管用。

「雪儀！我的雪儀！」一開腔，更重的黃麻味。

美蓮見到丈夫。「垣哥！」摸到天國的門邊了！

「A day or two ago
I thought I'd take a ride
And soon Miss Fanny Bright
Was seated by my side
The horse was lean and lank

Misfortune seemed his lot
We got into a drifted bank
And then we got upsot

Oh, jingle bells, jingle bells
Jingle all the way
Oh, what fun it is to ride
In a one horse open sleigh
Jingle bells, jingle bells
Jingle all the way
Oh, what fun it is to ride
In a one horse open sleigh yeah」

耳畔重複着的聖誕歌曲，開始飄散，扁扁的，變得尖鋭而近乎刺耳……

5

「Jingle bells, jingle bells
Jingle all the way
Oh, what fun it is to ride
In a one horse open sleigh
Jingle bells, jingle bells
Jingle all the way
Oh, what fun it is to ride
In a one horse open sleigh」

——媽媽呢？小芬呢？

雪儀依然站在一棚入口。一段輕快的、詞句古怪的音樂在面頰上作響（即使縮短了，耳筒還是吊在耳朵下面）。

其實，音樂已停止了不知多少時候，很久了，有多久？有雪儀吃很多頓、很多頓飯的時間。

——媽媽呢？小芬呢？

6

「嚓——嚓——」

一隻鷹在洋紫荊樹上被驚起。

搬重物的聲音。

「嚓——嚓——沙——」

泥土在上面掩蓋。

「喵——」

「哎呀——」

「幹什麼？」丟下鐵鏟的聲音在漆黑中很怪異。

「痛啊！」

「爸！給什麼動物傷了？」

一隻手背，在電筒光照下，現出三條血痕。

「哪來的貓？」

這時候，小芬又再撲過來。

「去死啦，衰貓！」對準小芬踢去。

小芬淒厲的慘叫，在空中翻了個筋斗，倒在地上。

第二章　金華為何自殺？

1

2016年，香港。荔枝角一個五百呎大廈單位。

「嗞——嗞——」

不斷重複的響聲，到底響了多久？

雪儀在被窩中賴着。

——什麼聲音？

「唔。」轉身，企圖再睡。

「嗞——嗞——」

聲音繼續的鬧着，不放過雪儀。

蜷曲身體，靜待，分析。明白過來了，是電話。舉起左手，看看腕錶——原來已經九時多！

——何以小芬女士不來管我？又不叫我接電話？

小芬一把年紀了，晚睡早起；她不許貓奴比她晚起牀。而且，不知道什麼時候開始，喚她時要加上稱謂。

只得爬起身找電話，電話插在充電器上面，看一看來電顯示。

「Lindsay！」

——怪不得呢！

雪儀好笑！自從一次 Lindsay 說漏嘴，喚小芬做「老太婆」，Lindsay 和小芬女士，從此化友為敵了。

——真是一雙活寶貝。

「喂。」

「現在才接電話？電話都打爛了！你沒戴手錶睡？老太婆不來抓你？」電話另一端連珠炮發。

「有戴，睡得香甜，小芬女士……今天心情好像不佳。」

「心情不佳？她知道是我來電吧，應該很興奮。」

——嘿，你說呢？

「什麼事？」把心底話吞了，雪儀問 Lindsay。

「你快入來片場，金華找你。」

「金華？找我？」一骨碌，雪儀坐直身子，今趟真的醒了。

金華拿過最佳女主角獎，不過因為脾氣臭，也沒有多少導演肯用她，更不要說走紅了。

「她當然不知道你，要找服裝師。有戲拍，耍大牌啦。」

——真的不知道是禍是福。

「你馬上過來啦，她說等你，等到你出現在她面前為止。」

「知道，亡命飛車就是了。」

雪儀換衫、洗臉、刷牙、換貓糧、添食水器。神速做完所有指定動作，小芬一直冷眼旁觀，面容嚴肅。

臨出門時，走去請示。

「小芬女士，我要出去了。」想想又說：「冤家宜解不宜結，Lindsay 是我的好朋友，是我的監護人——」

「不不，你才是監護人，她算半個。唉，真是愈描愈黑！」

「喵——」小芬毛髮都豎起。

帶上門時，雪儀唉聲歎氣地搖頭。

半小時，竟然入到清水灣。

直奔入三棚，這是 Lindsay 在羣組給的指示。一眼看見金華大剌剌坐在自己的專用椅上，Lindsay 則在入口處擠眉弄眼。

「金華小姐，早晨！」氣喘。

「你是？」金華抬起眼。說漂亮嗎？談不上，不過五官分明的有個性，天生是吃戲行這口飯。雪儀一眼認出她身上的戲服是自己做的。

——不是出了什麼岔子吧？

「我叫雪儀，Lindsay說你找我。」

金華站起身。不知是金華出落的骨架子，抑或自己手工出色，一套厚絨布灰綠色滾了毛邊的套裝，穿在金華身上很出眾。

「你電話幾號？」

「吓？」

「聽不見嗎？我要隨時能找到你，你要隨傳隨到。」

雪儀說了手機號碼，又拿出勇氣問「為什麼」。

「《藍與黑》拍到煞科，你就做我的私人服裝師啦，其他人不必管了。」

雪儀放下心頭大石。

——即是說，對我滿意吧？

「多謝金華姐，可是——」

金華姐擺擺手，馬上說：「我知道，這是政府贊助的，經費不夠嘛。我見你有潛

質，才着意栽培，電影上畫，我穿的與別不同，你發達了。其他人——看着辦吧，或者自己多走一步。」

把「不必管」換成「看着辦」，算是妥協了。以雪儀的性格，一定是「自己多走一步」了，哪怕還要去藝術學院上課！服飾材料的採購也是雪儀一手包辦。

「明白了。」

金華再坐下。

「金華姐！」雪儀又喚一聲。

「怎樣？」金華望一望雪儀笑出陽光的臉。

「可以給點意見？」

「不是已經稱讚了你？唉，現在的年輕人。」

雪儀只得識趣的走開，金華又叫住她。

「不妨多點創意，畢竟是舊戲重拍，新派導演。我看華仔導演有想法，要拍的跟舊的完全不一樣。」

「哦——」雪儀腦袋即時轉出不少想法，邊想邊邁開腳步。

Lindsay 追上雪儀。

「你不是聽她的吧！她不是主角。」

「是配角，我知道！是女主角唐琪的知己高小姐。她真是一言驚醒夢中人。」雪儀腳下愈走愈快。

Lindsay 好沒氣，說：「『你發達了』這句？你信？你想發達？」

雪儀當然不想發達。爸爸留下的遺產，姨婆給她的物業，還有 Lindsay 的 Mini Cooper，卻給自己長期使用，已心滿意足了，不過……

——媽媽呢，媽媽留給我什麼？

雪儀一生人只有一個夢想，就是停留在和媽媽一起的、甜蜜短暫的時空。平凡的過一生，踏實的做車衣女，又有何不可？奢求？就算是奢求吧。有太多想法的都市，專注平凡的確有點難度。

不過，雪儀不善於說明自己的想法，又或者不願意。

『舊戲重拍』這句呀，我何必墨守成規？太傻啦，花時間鑽研原著和電影。」

在所謂停車處，雪儀找回長期借用的車。為了奔波，又為了經常攜帶服裝材料，一夠年齡便學車考車想買車。誰知，給 Lindsay 搶先一步，買了 Mini Cooper，拋給雪儀車匙：「兩份用。」Lindsay 根本沒用。雪儀感激：「是送我的吧？」Lindsay 說：「我唔想，不過阿媽要我照顧你。」Lindsay 媽媽當年在片場是道具管理員，跟雪儀媽媽情同姊妹。

「你又趕去哪？」

「華仔，去找華仔，新派導演。」

「他認識你？」

「不認識，我知道往哪兒可找到他。」

新派導演很神奇，遙控拍戲，也不知他的想法。平常內向怕事的雪儀，一講到戲服，卻是換了一個人似的，變得勇猛和堅毅。

Lindsay 探頭進車廂，「咦，老太婆沒出來？」

「你都說她老太婆啦！」雪儀挨過去，「嗲」功自然耍出，「何況她一隻腳跛了。我說，Lindsay 姐，你想她咧？」

「啐，想她？」

「想她就去瞧她，」雪儀滿臉笑容上車（算是為主子效勞了），不忘拋下一句：「記得買手信，還有，不要叫她老太婆。」

「叫什麼？」其實 Lindsay 也真想和小芬女士握手言和。

「老佛爺啦！」

雪儀絕塵而去。

2

雪儀先把車駛回家，然後坐地鐵出深水埗。

一趟去布行探順伯，「八」到一幫導演在鴨寮街有個「竇」。

「怎樣的一個『竇』？」

雪儀太年輕了。

順伯　笑，反問雪儀：「你聽過『大富豪』？」

雪儀搖頭？

「『大富豪』是吃大茶飯的地方，傾買賣，順道耍樂。」

「在哪兒？」

「不存在了，消失了！香港這地方，遊戲規則轉得比摩天輪快。」

「導演——」

「導演？呀——你看我這個老人家。」

「順伯不老嘛，而且，故事愈夠老愈好聽。」

「香港電影走下坡，但生意還要傾還要做。沒錢上高級會所，便自己搞一個便宜會所。也是一項德政，沒戲開，上去一轉，露露臉，也還真養活不少人。」

「為什麼是鴨寮街？」

「那兒有許多寶，啟迪創意。廣東歌、粵語電影，全盛時期說得出名字說不出名字的都可以找到。」

——怪不得翻拍《藍與黑》！

雪儀看見樓梯底掛牌：「美好時光」。

真是耐人尋味，少點膽量也不敢走進去呢！

走上樓梯，推門。

一個又長又大的空間，沒有間隔，亂七八糟的地方。幾個人賴在沙發上，看手機，

雪儀推門也毫不理會。來者應該都是自出自入。

雪儀非常幸運，華仔獨個兒坐在牆角，全神貫注——打機。

「華導演。」雪儀走上前，喚了一聲。

華仔即時放下手機，「誰？」

走上這道樓梯的，一是尋求幫助，一是帶來生意。兩者，美好時光都樂助、歡迎。

「我叫唐雪儀，負責《藍與黑》的服裝。」

「咦？坐。」

雪儀抬頭四看，見一張四輪工作椅閒着，便走過去把椅子推過來，坐到導演黑皮大班椅的旁邊。

「有什麼指教？」

「我想問，《藍與黑》拍的是什麼？」雪儀開門見山。

「《藍與黑》？」程子華側頭想一想。

這個小本製作，他只不過借出自己的名聲申請贊助，中間撈點油水，又讓不願意北上的編劇、副導、沒戲開的演員有收入。

——僅此而已。《藍與黑》拍的是什麼？

程子華不禁笑了。答案非常簡單，他收到內幕消息，政府今期「興」本土懷舊和新派結合。電影策劃配合，容易審批嘛！不過，這樣直接的答案又如何告訴眼前一臉認真的陌生女孩？

「我說，雪儀，你對《藍與黑》又有多少認識？」不如反客為主好了。

「愛情加戰爭加禮教加誤會。」

——啊！怪不得當年拍了上下集，有咁多嘢要講？

程子華來了興趣，又問：「為什麼叫《藍與黑》？」

雪儀慶幸。

——我有做功課的，導演。

「藍呀藍，藍是光明的色彩，代表了自由、仁愛，當太陽照到大地，你看見那藍藍的青天碧海。黑呀黑，黑是陰暗的妖氣，代表了墮落沉淪，當夜幕籠罩了宇宙，你小心那黑黑的深淵陷阱。這是個什麼時代？這是個什麼社會？為什麼給了我們藍？還要給我們

黑？認清楚藍的珍貴，不要被黑暗迷醉，流出更多血跟汗，要把那黑的粉碎。」

雪儀一字不漏、一口氣把主題曲背出來。

程子華呆了，陷入突如其來的思潮。

「導演，華導演——」

「唔——唔——」

「了不得，早知把電影一手抓……」華導演呢喃。

「陶秦作詞，王福齡作曲，方逸華演唱……」

「知道了，你考試及格了。你的電話，給我。」

「吓。」

——又抄牌？

程子華在雪儀手機輸入自己的電話號碼，又打了一次給自己。

「你先回去，我有急事。」

「導演——」

「我一定告訴你，我明白你要什麼。走。」

程子華站起身，而且，匆匆的走了。

走了？雪儀目瞪口呆。

3

「異質對比、異色碰撞，厚重、混搭、模糊、曖昧、破壞、拆解、重生。阿部千登勢。」

一星期後，雪儀的電話出現華導演傳來的信息。

——很前衛啊！

「喵——」

這個時候，小芬在車衣間出現。

雪儀把小芬抱起，放到衣車板面。這是小芬最喜歡的位置。從前，即使靠三足之力，一躍兩躍就跳上來，阻在車頭和雪儀之間。如果雪儀不跟她打招呼，別妄想開工。現在呢？三腳都乏力，雪儀不免心酸。雪儀輕掃小芬，又說：「小芬女士，開工囉！」

然後將小芬放到右邊。

「小芬女士，我覺得信息很清楚了。新的《藍與黑》集中戰爭的主題，你認為呢？」

雪儀一邊說一邊把紅色車線穿過針孔。

「可惜！布料可能不夠應付這麼複雜的戲服。」

在雪儀身後，一個靠牆的儲物架，分門別類，排放的都是不同物料的布。婆婆、姨婆、媽媽的收藏都有。上乘的毛絨、雪紡，到低價的棉襯裏……。不過，都顯得過時了。

雪儀轉過身，怔怔的望着置布架。按她的個性，是不能將就的。如果金華的戲服是「上上」，那麼主角就要「上上上」。

「咦！有兩位女主角啊，男主角先後戀愛兩次，」雪儀突然醒起，跟小芬說：「男主角的名句是：『一個人，一生只戀愛一次，是幸福的。不幸，我剛剛比一次多了一次。』慘了。一定要弄清楚，到底是哪場戰爭。」

雪儀決定再找華導演。這時候，電話鈴響。——金華！

雪儀不禁叫苦。

「喂，雪儀？」

「是的，金華姐。」

「你立刻進來片廠。」

「什麼事？可以——先說明一下嗎？」本來，雪儀想說，可以電話交代嗎？

「不能，快點。」已經切線了。

「唉！小芬女士！」雪儀向小芬撒嬌。

小芬卻站了起來。

「你也去？」雪儀奇怪，一下子為之高興，「也好，你也要曬曬太陽。我去換衫，你等等。」

同時致電 Lindsay。

「我入廠，小芬女士也來，出來照應一下好嗎？」

Lindsay 説正忙着，會估計時間出來會合。

Mini Cooper 載着小芬和雪儀風馳電掣，看得旁人冷汗直冒，雪儀卻渾然不覺，小芬更不用説了，她有暖烘烘的棉被包裹着，是當年姨婆特製的。沿西貢進發，雪儀對香港著名的夢工場一點也不陌生。這個「東方荷里活」在上世紀六十年代開始屹立了半個世紀。

「所有車輛禁止入內」，官方指示牌掛在大閘門上，真是地老天荒！雪儀當然知道抄小路的方法。

未見 Lindsay 蹤影呢！

「你還不出來？」雪儀在電話裏問。Lindsay 説五分鐘內會出現，而金華又來電催了。

不得已留下小芬，為安全起見，雪儀讓玻璃窗留了一條縫。Lindsay說在更亭，即影城的北邊，雖然同在邊陲位置，雪儀估計碰不見她。

本來在三棚開工，現在調了去北邊，事出突然呢！

二十三座密密麻麻的建築羣，只騰一座行政大樓評為文物要保育。其餘的，只能在廢墟中供人憑弔，穿鑿附會出令人毛骨悚然的鬼故事。也因此之故，只有影藝人協會才可以臨時租用這個地方做獨立製作，限時完成，限點離開。說是「睇餸食飯」，不如說怕「有鬼入鏡」，畢竟，這一行很邪很迷信！

獨立製片人卻甘之如飴，能瞻仰這個電影王國的廢墟，真是不枉此生了。開放可用的地方有限又如何？後期製作的數碼港豈不近在咫尺？

今趟，給開放借用拍攝的是影城從前的居住區，位處邊陲。雪儀在唐氏別墅見到金華。

據說，這兒最猛鬼！

「金華姐！」雪儀加快腳步，趨前打招呼。

身上穿的不是戲服，白襯衣、格子長褲、塑膠長褸，非常帥氣。更好看的是頸上的一條長圍巾，一個B字頭的名牌，長得可以——

還未輪到她的戲分呢，為何給雪儀發下追魂「call」？

金華只定睛的望着雪儀，過了一會兒，才回過神來。

「你來啦。」

「金華姐，我找到導演，他已給了我戲服的意見——」

金華卻擺擺手，說：「遲些再說。你進來，我帶你參觀，主景已經搭好了。」

「吓！」

——山長水遠叫我來，為的是看廠景？

金華已邁開腳步，率先走在前頭，走進了別墅。

「嘩！」

從前空洞寂寞的大廳，不知什麼時候變身成為攝影棚，一下子熱鬧起來。火車站！一個舊式的火車站，站內外，都有戲組人員在忙碌着。拉線、佈置、大聲吆喝！

雪儀如置身夢幻境界，這兒瞧瞧，那兒探頭，嘖嘖稱奇，又不禁呢喃：「會不會有火車和鐵路？」

「會啊！我已經叫製片加碼。」金華在雪儀身後回應。

「製片？加碼？」雪儀摸不着頭腦，不懂為何金華要管這等事，更不要說向自己講解了。

「政府資助的太有限了，一定要財雄勢大的製片家着力幫忙才可以。」

「金華姐，你——對銀色事業很有 passion。」雪儀衷心讚賞。

「你對戲服不是也很有 passion？見步行步的製作法也真難為你了。」

說的雪儀滿臉通紅。一般大製作，一早已發下戲服的要求，為一齣電影全新做一批戲服。新《藍與黑》隔日通知，現炒現賣！Lindsay 經常提醒雪儀不要來認真，拿「現

成」的來應對過去。

雪儀趁機把導演的要求講給金華聽。只見金華東張西望，不知在找什麼，雪儀不肯定對方是否在聽。

「如果製片家肯加錢給戲服組就好了。」

「不難吧？」金華一笑，說：「不如你親自去說服他。」

「什麼！」雪儀嚇了一跳。

——我太放肆失言了！雪儀暗罵自己。

「說笑吧！這等事當然由我來出面。」

雪儀好生奇怪，只不過一個星期，金華恍如由配角變成半個製片。

「呀，雪儀，你覺得這個地方如何？」金華突然換了話題。

「這兒？」雪儀有點惘然。

「你沒來過？」

「這兒？怎麼會？」

「你對這兒不是很熟悉？」

「數次吧，只是來交收戲服，有時，甚至在門外交收。」

不過金華一說，雪儀也留意到，自己彷彿很「知道」這個地方，也從來沒有在幾萬呎的廢墟走迷。

這時，金華突然眼睛一亮，臉上掠過一絲難解的笑意。

「雪儀，我們走過一點。」拖着雪儀離開佈景板，去到大廳左上角，一支考究的大柱旁邊，道：「不要礙着。」

雪儀好像看見一個人影，想回頭向大柱後面察看，金華卻挨過來擋着她的視線。

「咦，雪儀，忘記了，你姓什麼？」一下子，拔高了聲線。

「姓什麼？」

「你的姓氏。」

「哦——唐，我姓唐，唐雪儀。」

「姓唐，唐雪儀。」金華重複，又説：「唐雪儀，給你看一張照片。」

一張劇照，金華坐在一輛電單車上，全身黑色打扮，扮演女俠。

「認得我嗎？」

雪儀勉強匆匆一瞥——金華把照片擎得高高的，幸而，雪儀像爸爸，也不算矮。

——給我看？似是要貼上大柱呢！

「金華姐很威風呢！」雪儀只得説。

「你認得這個地方嗎？」

「這個地方？」雪儀再看，照片好像在四五六棚那一邊對開的空地取景。雪儀説了。

「連你都認得！」金華燦爛的笑了，笑得有點不懷好意，令雪儀感到寒意。

金華放下照片，伸出右手。

「什麼？」雪儀不明所以。

「筆。」

幸好，雪儀一定帶筆袋，行家必備。雪儀打開筆袋還在不解時，金華便指着其中一支藍色水筆，「我要這一支。」

金華一眼便看上了，有蓋的、小巧的、外形仿傚古老墨水筆。這隻牌子，這個款式，時下不是隨便買得到。雪儀把水筆遞給金華。

金華在照片上簽名，然後將照片和筆交給雪儀。

雪儀訝異，「送給我？」

「不要嗎？明星簽名照片。」

「不是，不是。」雪儀又驚又喜，說：「這張照片太珍貴了……」

「你知道珍貴就好。」聲線又提高了，「不過，你不用擔心，我還有，這不是絕版。你可以走了。」

「金華姐——」

「嗯？」

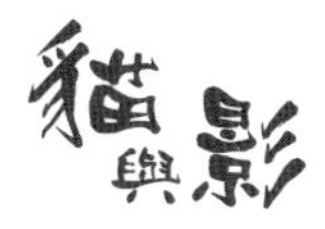

「你叫我立刻來，是？……」

「是啊！而你真的來了，任務完成。」

為之氣結。——我的出現簡直是毫無意義！

「據我了解，只有這個廠景。一個新劇本，把所有複雜的情節濃縮到一個場景內發生，真是事有湊巧。」

幸好，金華這麼補充，雪儀陷入的無聊情緒及時被撲滅。

「啊，明白了，平行時空。唔。」

「雪儀有小聰明啊！你的戲服，好好發揮。」

「知道了，金華姐，你對我真好！」

金華再看雪儀一眼，意味深長，「你值得人對你好。」

雪儀告辭了。跑了幾步又折返，把剛才的水筆塞進金華的手中。

「金華姐，送你，不成敬意。」匆匆跑開了。

「傻孩子。」金華搖搖頭。

雪儀愉快的跑回眾人皆知的非法秘密停車場，卻不見車。撥電話給 Lindsay，許久，都沒有人接。雪儀發訊息給 Lindsay，Lindsay 很快回應了：

「跟老佛爺兜風去。」Lindsay 留言。

——原來如此！看來我的兩名監護人已經和好如初。

一切盡在不言中！雪儀獨個兒享受着今天的愉快，也不覺兜風的車遲遲沒出現。

時間流逝，開始疑惑時，一輛藍色、背上馱着一條寬白間的甲蟲車終於映入眼簾。

雪儀心中暖暖的，生命中重要的人、貓、車一下都出現眼前。

「去哪兒玩呢？」雪儀跳上車，抱起小芬。

Lindsay 卻不作聲，面容有點虛怯，心繫小芬的雪儀不察覺。

「喂——」雪儀再問。

「能去哪兒？問什麼？」Lindsay 出奇的誇張反彈。

「噓！那麼大聲幹嗎？」雪儀嚇了一跳。

「我可不是忙裏偷閒！」Lindsay下車，走了。是不辭而別。

「你們兩個——到底又發生了什麼事？兩個都不睬我？」

4

「有沒有見過金華？」

傍晚六時，雪儀正去上學，走在斜坡上時，接到Lindsay來電。

「金華？」

「即是沒有了！全片廠打鑼找她。今天拍女主角唐琪失約的一場，她飾演的高小姐力勸唐琪跟醒亞私奔。——看來，她私下改動了劇本，反而自己私奔。」Lindsay揶揄。

「男主角也不見了？」

「那倒沒有——不扯了，每日都是錢。你最近跟她來往得勤，大家都知道，等了金華大半天，副導突然想起，叫問問你。」Lindsay是《藍與黑》的行政製片。

「讓我查查。」雪儀沒有查看手機的習慣，一工作便什麼都忘掉了，這也是Lindsay選擇撥電話的原因。

——咦，果然有訊息呢！

「為什麼唐琪的戲服比我的漂亮？還有，我想到好玩的，你進來弄一下便可以。」時間是下午二時。

雪儀告訴Lindsay：「那是放飯之後的事。」

「手機沒人接？」

「都打爛了。」

忽然明白過來，如果沒有了手機，任何人都是陌生人。金華住哪？能找到她的近親嗎？一概不知，簡直是外太空人。

「那就是失蹤了，又或者被失蹤。」Lindsay又說。

「不要嚇人嘛！」

「這個電影圈，再嚇人的事也有。」

「她又不是小孩！」

「當然明白，只是我們要收工了，要交返個場俾嗰啲。」

——嗰啲！

「如果真的有嗰啲倒是好事，只是有人太無聊了。有神有人有鬼才有戲。」雪儀忍着笑說。

「哈哈——哈哈——但願作為人的金華會來找你。」Lindsay 掛線了。

雪儀也嘗試回覆金華，金華沒有收訊息。應該說，雪儀再收不到金華的訊息。

5

三日後。

廠景。

第十場 take 1

醒亞在火車站東張西望，焦急地等候唐琪。

阿力催他上車。阿力答應帶醒亞去前線打仗，也答應醒亞要和唐琪一塊兒的要求。

「火車要開了，快上車。」

「不，唐琪會來的。」焦急看着入口。

「她不會來的。」阿力說。

「你怎麼知道？」

「她，叫我給你這封信。」阿力遞過來一封信。（原本，信是由高小姐急急走來交給

醒亞的，高小姐失蹤，劇本改了。）

「啊呀！」

「快！」阿力猛扯醒亞上車。

（車廂中竟然只有阿力和醒亞兩名乘客，行李架上倒堆滿衣箱籐籃。）

醒亞拆開信，一面讀一面淚流滿面。他被唐琪出賣了。

「哇——」醒亞站起身，把信撕毀，向前衝。

「Good take！」副導喊。

「嘩！救命呀！」醒亞跌在車廂通道上，眼神恐懼。

「見鬼，你喝酒？」副導拿過話筒員的話筒，向飾演醒亞的任鋒咆哮。

「鬼呀，鬼。」任鋒指着右邊的座位。

飾演阿力的武打演員走上前去看個究竟。

「天啊！金華，金華吊頸！」大驚失色。

6

「電影演員金華被發現自殺身亡。……金華身世耐人尋味，離世前，原來與日中混血兒劇作家汝之前秘密結婚，二人並無子女。兩夫婦對影壇貢獻良多，由於汝之前年事已高，又過度傷心，香港電影從業員協會會長表示，會全力協助喪禮事宜，詳情容後公佈。」

「小芬女士，奇怪啊！怎會有這等事情發生！」雪儀反復查看了各方面的新聞報道，覺得不可思議。

7

東九龍區警察總部。

何兆明督察在座位上出神，下屬阿求（也真全身像一個球）來敲門。

「何Sir，這個——」遞過來一個檔案，說：「可以close file，請你簽名作實。」

「No case？」

「是的，一切按《警隊程序手冊》的指示，證實並無可疑後，歸類為『自殺案』處理。」

何Sir接過檔案，打開，非常認真的逐項加剔。

「唔，生命迹象/如有懷疑，要求刑事單位到場調查/尋找證人及記錄資料/做觀察環境記錄冊/確定身分通知家屬/通知食環署/搜查屍體記錄死者財物。」

何Sir拿出「私伙」名貴墨水筆，在上面簽名作實。

「何Sir，你有好多時間？」阿求陰陰笑。

「你知道。」何Sir聳聳肩，毫不介意。

戀愛王何Sir本來是偵查課神探，卻戀愛大過天，金句是「無拖拍我會死」。不下一次，在「關鍵時刻」去了英雄救美，結果是，調到總部，在總務課投閒置散。

阿求待要接過檔案，何Sir卻不放手。

「Close file之後呢？」

「之後？之後便處理所有相關證物。何Sir，不是吧？這正是我們unit的主要工作！」阿求提醒靈魂出竅的主管，又問：「你又失戀？」

「失戀是生命的常態，盲目才是最大的過失。」何Sir輕喟，說：「我的意思是，之後，便煙消雲散，生命化成灰，連一個感歎號也不是。」

「卿本佳人，奈何自殺。」阿求隨便和應一下。跟着這樣的主管，也沒話說了，不用冒生命危險，每天準時下班，還不時有高級下午茶。衣和食，何Sir都非常講究。

何Sir站起身，穿上他的高級外套。「都交給我。」何Sir說。

「交給你？」

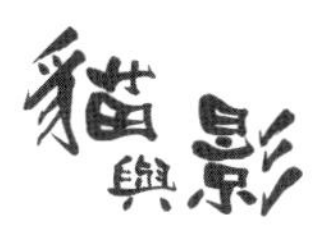

「證物、記錄冊和證人資料。」

「為什麼？我們沒有調查權的。」

「誰說我要調查！悶得慌呢，把遺書親自交回大劇作家，也好慰問一下，一盡警方的責任。」

「證人也要逐個慰問？」阿求不放心。看來，上司真的失戀了，丘比特又未發射另一支愛之箭。

「證人不用心理輔導？你不要喝下午茶？」說得陰聲細氣卻甚有分量。

阿求立刻站直，說：「要。」

投閒置散的何 Sir 施施然出去了。

「喝下午茶做心理輔導記得叫埋我。」阿求在他身後嚷。

神探的嗅覺！這宗「自殺案」非常有可疑。何 Sir 對金華沒什麼印象，對姓汝之名前的劇作家倒十分熟悉，專寫愛情劇，對白非常細膩，看得人魂飛魄散。那都是何 Sir 情竇初開的歲月，汝之前的電影正好陪着他走過來。

汝之前在調景嶺一個小單位獨居。何Sir細心的給剛失去妻子的獨居老人帶來綠茶芝士蛋糕。

汝之前吃得津津有味，一口一口的吃，對警察突然到訪也放下了戒心。沒有人知道金華結了婚，因為分開居住。要在電影圈生存，真有不少顧忌、考量。

眼前的老人，七十多歲吧，樣貌卻比實際年齡來得滄桑。單位算是整潔，也打理得乾淨，汝之前一件晨褸披在身上，還圍了厚頸巾。小茶几上的煙灰缸滿是煙蒂，窗台下，放了一盆盆文人象徵的中國蘭。

「是小金給我照料的。」汝之前見何Sir欣賞着，說。小金就是金華。

「明白。」何Sir一面留心觀察一面從口袋掏出一號證物。

遺書！

何Sir加工了，特意買了一個荊棘色的信封，還放了一朵白蘭花。

「這個，還給你。」

遺書在金華褲子口袋中發現，只是兩行字，何Sir都能背了：我願意放棄，太累了。

把劇本撕出來，在背面這樣寫了，黑色原子筆，然後簽名。

奇怪的是，簽名是藍色水筆！

「拿開一點。」汝之前卻道。

何Sir錯愕。

「白蘭花的氣息，我受不了，也破壞了蛋糕的味道。」

原來如此！劇作家的嗅覺很靈敏，而惱人的是，蛋糕比妻子的遺書來得重要！

「對不起，白蘭是我的一點心意，想不到……」

「沒關係，小金子喜歡白蘭。你很留意，不愧是警察。」

「汝之老師，可以再確認一下簽名和筆迹？」何Sir問。

汝之前搖搖頭，示意何Sir不用將遺書拿出來。

「放在遺照前面。」

就在環保露台側面，喪禮過後，有人出面佈置了一個紀念枱，有花有蠟燭有遺照。

何Sir照吩咐放在上面。紀念枱中間是一個內嵌玻璃箱，金華的骨灰罈就放在內。好像再沒有什麼話題了。報道說：當時汝之前傷心得無以名狀，而眼前的老人倒復元力驚人。

「金華女士出事之前失蹤了兩日，你很擔憂吧？」何Sir閒閒的問。放下信封，又坐回沙發上。

「的確，的確。」出乎意料，汝之前呆了一下，放下小叉，面容掠過一絲哀傷。又開腔：「即使不見面，小金每晚一定打電話提我吃藥。」

「她沒打？」

「沒有。」老人搖頭。「唉！」像負重擔的把身子挨到椅背上。

然後開始有一句沒一句的感慨。

終於要告辭，何Sir走去玄關時，汝之前說：「綠茶不錯，或者可以試試士多啤梨味。」

——人的慾望真的會隨着年齡而改變！

何 Sir 走到地面。

——到了什麼年齡，我的慾望有限得只剩芝士蛋糕？

原本想藉着探訪撲滅對金華自殺的好奇，剛好相反，拜訪之後，疑雲更厚——

大家都一口咬定金華是自殺的，對遺書沒有提過任何異議。

手機呢？寫信的筆呢？都沒有在火車上！

最重要的是，金華沒有任何動機、迹象會自殺！

「小金不應該接拍《藍與黑》。」

走向停車場，汝之前最後的一番話盤旋着，揮之不去。

「這是一套不祥的電影。你知道林黛……？以你的年齡應該不知道。亞洲影后，飾演唐琪，拍《藍與黑》中途自殺了。」

——竟然歸咎於宿命論！

「我知道林黛。」何 Sir 在檔案室讀過舊報，當年，出殯的「墟冚」場面，上了國際媒體，何Sir說，「我當然知道林黛，不過，金女士飾演的是唐琪身邊的高小姐。」

「更不應該在舊片廠拍攝了，真是邪上加邪。」汝之前自顧自說下去，沒有理會何Sir的質疑。

十足已經編寫好的劇本，這個劇本也太「就手」。宿命加上邪鬼之談，一切不合理的情節，觀眾便將就過去。

不過，生命啊！不是演戲啊！即便真的是自殺，不是也要徹底查明自殺的緣由？

看見車子了，何Sir掏出車匙解鎖。

這時，有訊息傳入手機。

阿求在羣組簽名下班，又不忘取笑「腦細」：阿頭，你「包尾」收工啦！

「包尾」！

何Sir靈機一動，想到金華的手機的確不見了。不過，證人中，好像有一個人，手機留下金華發出的最後一段短訊。

8

小芬女士最近腸胃不適，雪儀帶她去看醫生，醫生說是靜脈曲張。胃會靜脈曲張？

「年紀大了，什麼事情都會發生。」醫生笑着說。

「說我老！」在手術牀上的小芬女士別過臉，以示對醫生的鄙視。雪儀壓低聲線代小芬女士道歉，醫生也壓低聲線說她明白。

醫生開了一種紓緩的藥，要混在食物中使用。雪儀忙了一個早上，找到一隻新貓糧，聽說甘橘醋能紓緩神經。雪儀便拿出甘橘醋，撒了一丁點兒在貓糧上面，立時香氣飄逸，又拿了一個小瓶子，用微漏斗倒進小量甘橘醋液，掛在小芬的項圈上。小芬開始振起精神進食時，門鈴響動。

一名體形略胖、西裝畢挺、三十多歲的男子笑盈盈地站在門外。

「東九龍區警察總部何兆明督察。唐雪儀小姐？」男子遞上名片。

「啊！」

「我可以進來？」何Sir問。

「可以，可以。」呆着的雪儀清醒過來，拉開門。

三隻腳，三隻腳的小芬從病榻中站起身，走去起坐間和工作間的屏風後。

警覺的眼神！

雪儀招呼何 Sir 坐下，張羅茶水，何 Sir 趁機四周觀察。

和那雙巡視的、警覺的眼神相遇。

——嘩！

連自己也不明所以，一懍。

「你怕貓？」雪儀放下一杯茶。

「不是，不是。嘻嘻！」何 Sir 摸摸後腦，連番說。

「小芬女士——的確也嚴厲了一點。」

「她？叫小芬女士？」

「是爸爸在街上檢回來陪我的。」

雪儀記得，爸爸抱一隻貓咪回來，放到自己面前。

「我的寶貝，這是貓咪，是一位小姐，來陪我的寶貝。叫什麼好呢？——小芬，小芬啦！」

「她，小芬小姐一向嚴厲？」何Sir把回憶中的雪儀扯回來。

「小時候是一臉認真，出了事故之後……」

「事故？」

「十多年前的事了……」雪儀心急切入正題，「督察，你是為金華姐而來？」

「讓你緊張了，真對不起。畢竟，事情都告一段落。」

「啊，不。我還真稀奇，落幕了？」

「怎麼說，唐小姐有懷疑？」終於，找到一個口徑不一致的人。

雪儀臉一紅，「不是，不是。」

——既然大家都說金華自殺了，我又憑什麼懷疑？

何Sir掏出記事簿。

「據說，你是最後一位證人。」

「證人？」雪儀嚇了一跳。

何Sir怪自己太莽撞。「當然，證人是一大堆《藍與黑》的工作人員，在火車上發現金華，我是指失蹤之前。」

「就是了。」雪儀立刻把電話備份給面前的督察看。「就是這條了，督察。」

「叫我何Sir吧！」

「何Sir！」雪儀隨即喚了一聲。眼前的督察非常討好的令人安心，雪儀不知道，何兆明對女性本能的討好。

「為什麼唐琪的戲服比我的漂亮？還有，我想到好玩的，你進來弄一下便可以。」

「唔——」何Sir費解。

——說這樣的話的人會自殺？這麼重要的線索，為何不記錄在案？

又問：「是什麼時候？」

「下午三時。」

「你記得很清楚，」何Sir笑說。「有沒有跟警方提起留言時間？」

雪儀搖頭。

——明白了。

警方根本不重視，他們迅速被引導去「自殺」的方向，而眼前這個女孩卻不甘心。

何Sir突然說：「可以借你的手機一用？」

「可以。」

何Sir從雪儀手機的程式中撥號給金華。

沒有反應。

「何Sir，我試過了，找不到。」

「你也嘗試過找金華？為什麼？她已經不在人世。」

雪儀語塞，何 Sir 忽然醒悟過來。

「你像我一樣，不是找金華，而是找金華的手機！」

雪儀像給人遮住了的羞赧。

何 Sir 安慰雪儀：「不怪你，這原是警方的責任。」

一邊說一邊記下金華的手機號碼，自言自語：「竟然連電話號碼也不記下，死了就是死了。……我回去查一查手機 IP。希望有線索啦！」

「真的？」雪儀一喜。

「唐小姐，你——」何 Sir 很少遇到這麼熱心的市民，為免令對方失望，只得坦白說：「你不要抱太大冀望，警方已定性為自殺。」

雪儀眼神明顯露出失望，問：「何 Sir，金華姐是吊頸死的？」

何 Sir 想了一會答：「她被發現時，是被一條圍巾吊在行李架下。」一名幹探，本能的，謹慎用詞。

「圍巾？」

「已火化了，很可惜。」

——應該是證物，卻火化陪葬了，到底是誰的主意？

「有照片嗎？我可以看嗎？」雪儀問得唐突。

何Sir卻毫不介意，在手機中找出檔案給雪儀看。

——就是金華當日掛在長褸下面的圍巾。

雪儀看着手機，好生難過。當日，看見金華掛着的圍巾，除了覺得帥氣之外，竟然掠過「長得可以吊頸」的念頭。就是因為這個念頭，這些天來，雪儀都在責怪自己，也很想證明金華不是用這條頸巾結束生命。

「是金華的？」何Sir問。

雪儀說是，又把自己的對圍巾的魯莽想法說出來。「身為警察，覺得我不科學吧！」

「我是來做結案後的跟進和輔導。」間接安慰雪儀，訴諸情感不是罪。

「有這等服務？」

「有——」何Sir清清喉嚨掩飾尷尬，說：「我已見過金華的丈夫汝之前輩。」

「咦——」雪儀掠過一絲希望。

——跟進和輔導是藉口吧？那麼，何Sir也可以找華導演，還有……

雪儀想起了最後一次和金華的會面，——也應該跟何Sir說吧？

「何Sir，你可以去找華導演。」

「華導演？」證人資料中沒這號人物。

雪儀點頭，把華導演的背景說了。「他經常不在現場是事實，但他掌握了整套電影。」

「原來如此。」

「還有——」

雪儀正要交代片場最後的見面，何Sir電話鈴響。

「對不起。」何Sir站到一邊接電話，是阿求。

「我要告辭了。」總部找何Sir，他要立刻回去。

雪儀有點失望。

何Sir步向玄關。

「放心，我會給你消息的，你也可以隨時找我。」給雪儀一個甜甜的笑。

雪儀去開門。

「喵——」小芬撲出來。

「哎喲！」

撲上去，抓緊何Sir的褲腳。

——嗚，喵（我知道，我知道。）

何Sir看着自己的高級西褲，漲紅了臉。

「太失禮了，小芬，小芬——」雪儀喝止，嘗試拉開小芬。

「不要，不要！小芬，怎麼搞的？」

亂作一團。

——喵，喵，喵！（我帶你去，手機，我知道。）

終於，還是抓破褲子，露了線口。

「慘了！」雪儀摀口，以她對布料的知識，這是上乘的棉布！只好連聲説對不起。

何 Sir 見到貓奴可憐的眼神，不忍心責備。

而小芬小姐——眼神近乎兇猛，十分嚇人。

——你有話要跟我説？

9

何 Sir 找從前隸屬的警署同事幫忙。

「沒有訊號，也查不到手機的位置。」得到這樣的回覆。

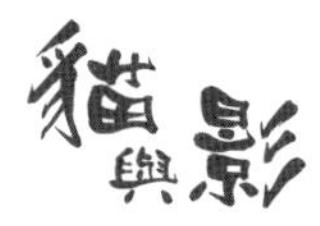

要說，已到了線上時代，最方便留下訊息，就是手機。

我願意放棄，太累了。

只要錄音，然後鍵入，何其方便！甚至，錄像也可以，為何要書寫？

唯一的解釋是：因為是明星，要告別凡塵，就正式的宣告，鄭重的簽名確認！

這個解釋，完全不能說服何Sir！

對着鏡頭，像唸對白的讀出心聲，豈不更合乎一位演員的表現？

對白，是的。何Sir反復考量遺書。是遺書嗎？在一名死者口袋中找出了一張紙，有兩行字，連標點共有十個字，由於先入為主，便是遺書了。還有寫遺書用一支筆，簽名用另一支筆！

大家像鬆一口氣似的——非常慶幸，有這樣的一張紙，適用於解開了所有疑團！

當時，死者的姿勢，是用一條長圍巾掛在行李架下面。而由於金華的高度，她不是懸空的，而是斜掛着，雙腿貼近地面，也就是火車相對的兩個卡座之間，右邊身微微挨着卡座共用的、作為小桌用途的小板子。

然後，認定是自殺了，因此，口袋裏的字條理所當然的是一封遺書。即使是自殺，不可以是「被自殺」？案例真是不勝枚舉！

何況，如果獨立來看，單單一張字條，問十個人，何Sir認為，未必過半數認為是遺書！

——即使是這樣，我又能做什麼？

何Sir跟自己搖搖頭，上司已經有微言！

「證物未齊。」何Sir狡辯：「Close file也可以，不過，找齊證物便毫無疑點了。」

「什麼證物？」警司問何Sir。

「筆和手機。」

「唔——」警司皺眉。

「毫無疑點很重要，免得有人追究。你知道，各式各樣的傳媒……」

警司快退休，不想「臨尾香」，勉強同意了：「找不到就算啦！」

結果，手機沒有下落！

——真的要放手？

何Sir彷彿挖了一個坑洞給自己跳下去，又無法躍身跳回來。何Sir巴不得是在談戀愛，分手比較容易。

剩下的，就是華導演。

——見完華導演再作打算。

立定主意，何Sir又離開辦公室了。

阿求追出來，跟着何Sir。

「我不是去喝下午茶，不要跟着我。」

「你去邊我跟去邊，免得提心吊膽。」

這幾天，警司天天借故路過。

「以為你是『球』霸，原來膽小如鼠。」何Sir忍笑。

「你笑啦，何 Sir，我情願俾你笑，好過你不在，我如坐針氈，替你受刑！」

10

《藍與黑》停拍。

Lindsay 買了三文魚、薯仔、蘑菇，在雪儀家「煮飯仔」。

「重本嚸！」雪儀看標籤，笑說。

「食不能輕忽，何必刻薄自己。」

雪儀默認 Lindsay 的生活哲學。何況，很奇怪，劇組沒有解散，照出糧，Lindsay 是乾賺人工。

Lindsay 才是大廚，雪儀只負責煮前煮後的清洗。雪儀在忙，Lindsay 背手。

「你說的那個何 Sir，到底要調查什麼？」

「不知道啊，只知道，有很多疑點想弄個明白。」

「例如呢？」

「例如，金華姐失蹤的兩天發生了什麼事？又例如，為什麼手機沒有訊號、在哪兒？等等。」

「可是，你能幫上什麼忙？」

「所有證人都會查問吧！」

「他沒有找我。」

「或者快輪到你，他找了汝之大劇。咦，你知道金華姐已婚嗎？」

Lindsay 搖頭。

「連你都不知道？」

「汝之大劇是久聞其名！他甚少在片場露面，他連靈堂也沒去。那個……？」

「何 Sir。」

「何 Sir 有沒有評論汝之大劇？傷心嗎？憔悴嗎？」

「沒有，何 Sir 走得很匆忙……可惜呢！其實我還有很多話要問他，跟他說。」

「你竟然有話要問警察？」Lindsay 一愣。

雪儀點頭，「一個娛網報道，遺書有金華的親筆簽名，是藍色的水筆。我想問他要遺書看。」

「為什麼？」

「隨身物品都不翼而飛，手機、簽名筆。我更懷疑，金華姐簽遺書的筆是我送的。」

雪儀這麼說，Lindsay 嚇呆了，說：「你竟然牽涉在內！」

「不肯定呢！又眾口一辭說是自殺。」雪儀說。

「真是比拍戲更戲劇！」Lindsay 咋舌。

「不止呢！」雪儀停下手上的作活，認真地說：「當天你不在場，小芬小姐的表現更誇張，簡直是在演戲。」

雪儀繪聲繪影，把小芬衝出來抓破何 Sir 褲腳的事說了。「很反常，好像有話要跟何 Sir 説！」

Lindsay 聽罷，良久不說話。俄而，面有愧色，道：「雪儀，那天……」

「嗯？」

「就是你帶老佛爺入片場那天，我不是很遲才回來？」

「對，我在小路等了足足大半個鐘，你說去兜風。」

「其實，我們沒有兜風。」

雪儀詫異，等 Lindsay 說下去。

「我怕你罵，沒有說實話。我帶了老佛爺入廠，片場的人都久聞她的大名，我就……」

「你就帶她去炫耀？」

Lindsay 捏唇，一會，繼續說下去：「我在滔滔不絕地說起老佛爺的趣事時……她不見了，跑開了。」

雪儀一聽，驚怒得說不出話來。

「我們立刻分頭找，」Lindsay 急急說：「總之，都心急如焚。當你給我訊息時，一慌，便說去了兜風。」

雪儀氣稍稍消了，想了一會，說：「難道，她真的有話要跟何 Sir 說？給她發現什麼了？」

「雪儀，這貓就是神奇，好像上面——」Lindsay 向上指一指，說：「派落嚟，跟住你咁。」

十六年前，雪儀和小芬同樣是五歲。新一年快要來臨，雪儀的媽媽失蹤了，翌日，小芬被人發現，受傷躺在片場後山麓。

二人失神，陷入謎團。良久，Lindsay 先開腔：「無論如何，憑我們，不會砌出一幅圖畫來吧！」

「小芬小姐失蹤，也不一定跟金華姐有關。」雪儀勉強一笑。

「先吃飯。」Lindsay 說。

「對！」雪儀應答。又死心不息：「最後在哪兒找回小芬？」

「在一棚。」

「一棚？」

「嗯。」

——巧合呢！當年，我也是站在一棚。媽媽不見了，小芬不見了。要跟何Sir說嗎？

「你不是要告訴何Sir吧？」

「或者啦！」

「我認為，你不要再牽扯其中！」Lindsay有莫名的擔憂。

「我想幫何Sir補好褲腳，賠罪。」雪儀一笑帶開話題，說：「洗好了，大廚，交個場俾你。」

11

「《藍與黑》什麼時候恢復拍攝？」

何Sir在片廠找到華導演，道明了來意。圍繞着金華談了一輪，並沒有什麼發現。

眼前的導演，好像對金華所知不詳，連喪禮也沒有出席！

於是，把話題轉到電影。

據說，導演本來隱形，女配角死了之後，卻天天在片場出現。

「等呀！要等有人願意頂上。」

「沒人願意頂上？」

「這一行，邪門。你知道舊作？」

「知道的。」

「影后林黛半途吃安眠藥！」

「下集來了個替身，那個替身沒有死。」何Sir聳肩，閒閒的說。

何Sir的疑竇來了，眼前的年輕人新派得緊，一身打扮分不清前後左右，迷信？

何Sir開始套圈子。

華導演語塞，很快，指一指眼前的拍攝現場：「這個地方也很邪。本來是別墅，這一帶是高級員工宿舍，從前有個導演為情上吊。」

何Sir認真瀏覽火車站。

「你要上火車看看嗎？」華導演問。

認為警方會對自殺現場有興趣，誰知何Sir搖頭。他已研究過作為證物的現場照片多次，還從不同角度拍下死者。沒有死者的、已清理乾淨的現場，對偵探可說毫無意義。

「既然邪門，為什麼選在這兒拍攝？聽聞，最初在三廠。」

華導演一怔，「咦」了一聲，然後，默不作聲。

「為什麼選在這兒拍攝？」何Sir再問。

「是了，為什麼？」重複何Sir的問題，狀甚疑惑。

「不是你決定？」

「不是。」

「那誰決定？何時決定？為何搬廠？」

華導演望一眼何 Sir，沒有馬上回答。沒有最初談話的坦率，憑經驗，何 Sir 知道，對方開始戒備。

「奇怪，你怎會來找我？是誰叫你來？」反問。

何 Sir 說了唐雪儀。

「唐雪儀？」華導演在記憶中搜索，一會，好像寬心了，笑說：「呀，是她，我知道，戲服女孩。」

「她說第一次見金華在三廠，第二次在這兒，中間見過你，覺得你可能知道當中的變化。」

「變化？什麼變化？」

華導演臉上閃過一抹陰雲，何 Sir 已經及時捕捉了。

「就是金華的情緒變化。」何Sir說得輕描淡寫。

「情緒變化——」華導演又再低頭思索。

「導演，不如說回電影，你還未回答我的問題。」

華導演詭譎一笑，彷彿找到套路。

「何Sir，我應該不用回答你的問題。又不是兇殺案，你又不是偵查課。」

「是，是，你說的對，我多事了。」何Sir苦笑，站起身，說：「那麼，我只好告辭。」

何Sir慢慢離開，他有預感，華導演會叫住他。

果然。

「何Sir——」

何Sir停步，回過頭來。

「你提起金華的情緒變化，我倒想起一件事。」

「什麼事？」

華導演走到何 Sir 身邊，近乎耳語說：「金華找過出品人，之後，情緒產生變化。」

「出品人？」

「老闆呀！金主呀！」

「換地方，加碼製作，都是金華告訴我的。之後，本來是懶慵慵的金華，一下子來了勁。」說得煞有介事。

——原來如此！想不到有收穫呢！

何 Sir 問出品人是誰，華導演很爽快地告訴他。

「加碼後，金華卻尋死去了。金主損失慘重，實在需要你去好好輔導。」再一次，華導演露出詭譎的笑容。

12

「何Sir，褲子已縫補好，希望你滿意。」

雪儀從咖啡桌推過來一個紙挽袋，裏頭有補好的西褲，還有一個小山袋，裝了自製的曲奇，上面釘了一張貓形貼紙，作賠罪狀。

何Sir把褲子抽出來檢查，竟然看不出破綻！真神奇！

當雪儀提出要修補褲子時，何Sir不寄厚望——破了的褲子，何Sir無論如何都不會再穿，於是爽快的把褲子交給她。不料，褲子像新的一樣回到自己手裏，令何Sir非常掙扎。抬頭，接觸到女孩期待的眼神。

「嘩，你的手工可說是——天衣無縫！」何Sir說得誇張。

雪儀笑了，笑得燦爛。

當何Sir打算直接去找出品人時，收到阿求的訊息，說唐雪儀來了總部找他。

「我怕老頂見到有麻煩，如何是好？」阿求問。

於是，何 Sir 着阿求帶雪儀去他們經常出入的蛇竇。

「哎喲，你騙人，新買的吧！」阿求更誇張。

然後，兩個年輕人笑成一團。說起破褲的原委，二人立時熟稔起來，原來阿求也愛貓、養貓，他的貓叫譚寶。「為什麼叫譚寶？」「是一隻名牌紙巾的諧音，因牠見到這個牌子的紙巾便偷，藏到自己的被窩下面。其他牌子不會。」「哈哈哈——」

何 Sir 一會兒看看阿求，一會兒看看唐雪儀。他給放到一旁，成了閒角！何 Sir 有點不是味兒！

「唐小姐，我剛才去找華導演。」何 Sir 在他們的笑聲中硬生生插入。

「是嗎？」

何 Sir 把和導演的會面約略描述一下，本來不用交代的事，毫無緣由的娓娓道來！

「情緒變化？——的確，兩次見金華姐，總是覺得有不同，又不知分別在哪兒。」雪儀想了一會回應道。望一望何 Sir，又說：「何 Sir，你來找我那天，其實我還有話要跟你說。」

「嗯？」

雪儀鼓起勇氣說下去：「我可不可以看看遺書？」

「遺書？你要看遺書？」

雪儀點頭。

何Sir知道事出有因，望望阿求，（我打算給唐小姐看遺書）；阿求望望何Sir，（我當睇唔見）。何Sir從手機找出檔案，遞給唐雪儀。雪儀很認真地審視，不久，把手機交回給何Sir，說：

「這簽名，的確是金華姐的親筆簽名，而簽名所用的筆，極有可能是我送她的那一支。」

「怎麼說？」何Sir大為錯愕，問。

唐雪儀於是把當天金華給她看照片的經過道出。「那天你來找我，我掙扎很久要求證，畢竟沒有勇氣。」

誰又有勇氣向上門的警察查看證物？

「重要的證物，手機和筆，都不在身邊，這樣的自殺很奇怪……」何Sir沉吟，又道：「你一下子變為重要證人了！」

「為什麼？」

「因為你的筆跟金華的手機一同失蹤了。」

「啊！」

「那張照片？」

「我帶來了。」原來雪儀早有準備，她拿出照片。

何Sir仔細端詳照片，照片把他帶去事發現場——金華把唐雪儀帶過一旁，給她看照片，把照片遞得高高的，然後把照片送給唐雪儀，簽名，還大聲説：我還有照片……

——金華是要憑這張照片傳遞重要的信息？為何要把重要的信息傳遞給唐雪儀？信息和唐雪儀有重大關係？

精明的幹探給照片帶入一條漆黑的死胡同。

——無論如何，是這照片發出一條非常危險的信息，同時把死神召喚來了……

「何Sir，何Sir。」阿求把上司從思潮中喚醒：「我也想看。」

何Sir把照片交給阿求。

「照片的背景是什麼地方？」何Sir問雪儀。

「四五六棚那一邊對開的空地。」

「四五六棚那一邊對開的空地……」

「咦！」這時候，忽聽得阿求「咦」了一聲。

「什麼事？」

「空地的盡頭，有一個細小的人影，像路過而給攝入鏡頭，若不留心看，根本不會注意。」阿求的嗜好是拍攝。

何Sir立刻定睛看阿求指頭指向的地方。

果然，一個人影，正邁開腳，從空地的左方移往右方。

即使細微，會不會是重要線索？

——我要留下照片好好推敲！

「照片可以給我嗎？」

雪儀說可以，又說：「何Sir，我還有一張，可以一併給你。」

「還有一張？」何Sir很驚訝。

「金華姐送我照片時，我以為是珍藏絕版，於是婉拒，但她說照片還有。當她出事後，我思前想後，想求證一件事，便去電影資料庫找，看看有沒有這幀照片。」然後，唐雪儀又遞過來一張照片，說：「原來還有存貨。」

「你——怎麼弄到手？」

「自然有辦法。」唐雪儀一笑。

何Sir還在消化眼前發生的事，阿求已搶先接過照片——他一聽唐雪儀說「想求證一件事」，腦筋便轉動了。他察看照片，又拿先前的一張對比。

「嘩——兩張照片，兩張照片，呃……」

何Sir馬上接過來看！

在第一張照片出現掠過的人影，在第二張照片中，這個人影不存在！

「呃……」兩名探員訝異得說不出話來。

唐雪儀向二人點頭，然後說：「就是這個，我要求證的就是這一點。每張照片都有編號，其中一組編號是攝影師的代號，很容易，我便找出攝影師是誰了。」

唐雪儀一頓，要知道何Sir有沒有問題要問，何Sir卻很冷靜，只着她說下去。

「這個攝影師，今天還在影視圈工作，頭腦非常清晰，當天的情景，他還記得一清二楚。他負責幫金華拍劇照，那是一部時裝片，金華飾演鋤強扶弱的女俠。」

「女俠揸綿羊仔？」阿求打斷。

雪儀搖頭。「劇照不會講究，任攝影師發揮。攝影師說，當年主導拍攝的是金華。既然是金華，攝影師便不跟她嘮叨，而當他按快門的一瞬，一個男孩突然走過，被攝入鏡頭。」

「一個男孩走入鏡頭，唔——」何Sir重複，又拿第一張照片細看。

「攝影師認得男孩，是一名臨時演員的兒子，臨時演員的爸爸也在片場，負責木工，大家都是宋大叔宋大叔的叫。男孩也經常待在公公、媽媽身邊。」雪儀喝一口凍茶，繼續：「既然是認識的，而且不能怪罪男孩，攝影師便想作罷。倒是金華把孩子叫過來罵了一頓，又問孩子的名字。到照片沖曬出來，攝影師便把這錯版的一張送了給金華。當時金華氣已消了，還說『要數這一張最好』。」

「這些人物，現在都有聯絡嗎？」

「沒有，攝影師說近年已不見三公孫。男孩的名字早忘了，也長大了吧，碰頭也未必認得。」

「你倒問得很詳細。」何Sir不知是稱讚抑或意有所指。

「唐小姐，不要做女紅了，索性考女警。」阿求說。

何Sir一笑，默然同意，雪儀又是臉一紅：「見笑了，哪來的偵探頭腦！」

「太謙了，我們都給你比下去。」

「最初，是想看清楚男孩的衣着，所以，着眼點還是在布料方面，我還在讀戲服設計。」

「原來如此！」

當兩張照片對比之後，沒有偵探頭腦的人也會懷疑金華不是自殺吧！

「空地盡頭的人影才是第一張照片的主角。」阿求向何Sir求證說：「阿頭，我說的對不對？」

「如果沒有更好的解釋，這只好是唯一的答案。」何Sir回答，又說：「憑一張舊照片，金華的人生走出正常路軌。阿求，你好像來了勁，產生了興趣！」

二人產生了默契的一笑。

「唐小姐，我懷疑，金華的照片不單要給你看……那一天，除了你以外，還有其他人嗎？」

雪儀一邊思考一邊搖頭，「金華姐把我拉過一邊，離開佈景廠的範圍……」突然「呀」了一聲，說：「且慢，好像有個人影。」

「又是人影？……」阿求說。

何Sir卻示意他閉嘴，追問：「怎樣的人影？在哪？」

「看不清楚，在大柱後面。」

「你再仔細想清楚。」

唐雪儀集中精神回想當天的情景，然後說：「是個男的吧，一瞬間的背影，一件時尚的夾克、波鞋。我不敢肯定。……何Sir，到底發生什麼事？」唐雪儀滿腹疑團。

「我也不知道，要再做一些調查，才能砌成一幅近似真相的圖畫。」

「阿頭，下一步要做什麼？」阿求問。

「你不怕介入？」

阿求笑了，「怕什麼？還可以調去更窩囊的地方？」好奇心完勝。

「要去現場實地觀察。」

「有困難吧？可以嗎？憑什麼？」

唐雪儀提議：「不難，找Lindsay就可以。」

雪儀立刻致電Lindsay，一下子將阿求和Lindsay聯繫起來。已近傍晚，二人約好改天入片場，然後，唐雪儀告辭了。

待唐雪儀離開後，何Sir和阿求認真研究案情，一致否定了金華自殺。不過，既然他們不是偵查課，翻案便有了很大掣肘，須得克制低調。二人又相約，如果事情在一星期內沒有進展便要放手。

「阿頭，你回總部？」阿求問。

何Sir搖頭，「我想將照片進行更仔細分析。這等事，不宜在辦公室進行，也沒有這麼先進的技術。」

何Sir不想再去找攝影師，至於本來要去拜訪的出品人，如非必要，也慢一步再說。

「那你怎辦？」

「我直接回家。有一位師兄在新加坡，創辦了一家網路的反詐公司，我想找他幫忙。」

「那麼，我們分頭行事。」何Sir拍拍阿求的膊頭。

「阿頭，得多謝你才是，我們成為真拍檔了。」

二人分手之前，阿求告訴何 Sir，接下來的幾天會放大假，「反正假期都爆了，也方便行動。」

「好的，我們私下聯絡。」何 Sir 説。

13

「你們很低端啊！」

何 Sir 把照片傳給新加坡的師兄李渡吾，要求幫忙，師兄回口訊揶揄。

「知道新加坡架勢了！」何 Sir 回訊：「香港經濟掛帥，大家明白。」又加了一個苦笑圖像。

師兄問：「要到什麼程度？」

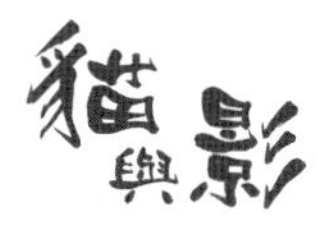

何Sir想一想，大膽問：「可以人臉識別嗎？」

非常具挑戰性似的，師兄來了興趣，道：「時間也不多……」

「只要看到男孩的樣貌，然後推算他現在的長相，已經幫了我很大的忙。」

「那又何須我幫忙？」

最後，李渡吾回說，數小時內會將男孩的樣貌傳過來。至於男孩現在的長相、身分，則要約兩個星期時間追蹤，前者免費，後者則需要昂貴的費用。

兩個星期已超出何Sir和阿求約定的期限，何況要收費！何Sir推卻了師兄這個「走在時代尖端」的服務，又再次多謝師兄的幫忙。

「我等你回覆。回香港記得找我啊！」

他知道師兄其實很少回香港。「要逃避某種的存在。」這是李渡吾給他的、很直覺的印象。

結果，李渡吾的幾小時人臉識別爽約了。反而，阿求不斷有消息傳過來。

「跟Lindsay見了面，約了去片場。」

「疑點重重，故事很長篇，重點是，金華失蹤至被發現在佈景火車上自殺，這一段時間，不知行蹤，但沒有證據證明她離開片場。」

「廠車司機説沒有載她走，也沒有載她入廠。」

「即是説，接下來電影拍攝期間，金華也在片廠的某個地方，只是沒有人知道，直到在佈景火車上，她又出現了，由生變死。……」

「火車不是金華死亡的第一現場，有真正的第一現場不是沒有可能的。如果有第一現場，一定在片場某處。」

「我和 Lindsay 會進行仔細搜查。」

「沒有任何發現。時間無多了，但我們好像碰上了盲點，到底卡在哪兒？」

「Lindsay 説這樣下去不是辦法，要退一步冷靜一下。我打算帶她去看譚寶，她也很想介紹我認識老佛爺。你記得老佛爺？就是抓破你褲子的名貓。」

何 Sir 拋下手機，既然阿求都要冷靜一下——他決定自個兒先去享受一頓慰藉心靈的義大利晚餐。

還有兩天時間！雖然心存僥倖，何Sir已打定輸數了。

14

兩天下來，阿求竟然沒有半點音訊，傳過去的短訊也沒有理會，恐怕因沒有任何突破而投降了。

——「縮沙」？嘿！年輕人！

——我豈不也是意興闌珊？

何Sir決定放阿求一馬，反正，今天他必然會在辦公室出現，假都放完了。何Sir穿起畢挺西裝，預備體面的向警司認輸。

一整個上午，阿求沒有出現。這個時候，來了一個電郵：師兄李渡吾！

「嘿，終於有回音。」無聊得緊的何Sir立刻查看。

「男孩叫宋懷恩，拍照時七歲。遲覆的原因是我的服務不單要客人滿意，自己也要滿意。這張照片很清楚啦！宋懷恩應該是單親孩子，為什麼？貼士是他在明愛醫院出生。希望你的調查有突破性進展。」

「這師兄！」

科技真是到了無敵的地步。本來側面舉步的男孩，經處理之後，正面示人，而且解像度極高。

「『宋懷恩應該是單親孩子』。免費果然是免費，考我啦！貼士是明愛醫院出生……」不用一分鐘，他已想到原因了。男孩姓宋，除非爸爸也姓宋，不然肯定是跟母姓，而懷恩這個名字取得也很隨便——明愛醫院就有一座懷恩樓。沒有心情改名字，填出世紙時，「懷恩」兩個字一閃，便用上了。

何Sir覆了電郵，揭開謎底，又告訴師兄現在毫無進展。師兄簡短回覆：「考核過關！可惜！」

何Sir認真看照片，這孩子，俊俏得像個女生呢！眼睛像會說話，眉宇之間竟然帶點風情。長大了，會是怎樣的青年？

這孩子的身世隱隱然有着重大秘密，如何跟唐雪儀扯上關係？又如何觸發金華的死亡？正白發呆，電話響起，是唐雪儀。

一接電話，便聽得唐雪儀的哭聲。

「何Sir——嗚——何Sir，嗚——不見了。」

「什麼不見了？」

「小芬——嗚——，不，都不見了，小芬、Lindsay，嗚——」

「小芬和Lindsay都不見了？」

「嗚——何Sir，我想問，原Sir呢？」

「原Sir？阿求？」

何Sir的心一抽，發生重大事故了！何Sir安慰唐雪儀，着她冷靜，叫她把事情始末說個清楚。

「Lindsay和原Sir認為小芬知道案發的第一現場，於是帶了小芬去片廠。」

「什麼？」何兆明從座位彈起。

最後看見金華的那一天，小芬在片場失蹤了一段時間，後來在三、四棚之間找回小芬的這一節，雪儀沒有跟何 Sir 道出。反而，Lindsay 帶原求去瞧小芬時，跟原求說了。

「你竟然漏了這麼重要的細節！」何 Sir 責怪雪儀。

「我不想小芬被牽扯在內……你看，不是出事了嗎？」雪儀又哭了。

「他們二人便帶小芬去片場，希望小芬能指路？」

「不，是小芬要去。當原 Sir 要離開時，小芬——小芬——」

「就像當日扯着我不放一樣扯住阿求？」

雪儀説是。怪不得呢，原來貓兒真的有話要説。

「阿求並沒有向我報告。」

「説出來怪不好意思的，而且，他們入夜偷着進去，以免有人看見。」

「你們也太膽大妄為了！」

「哇——小芬——」

「那是什麼時候的事？」

「昨天傍晚。」

「你現在才找我？」

「咔咔——像金華姐一樣——會不會——會不會——？」

何 Sir 着唐雪儀馬上過來。

——冷靜，冷靜，現在該做什麼？

15

「夥記」失蹤，重案組介入調查。沉寂在記憶中的清水灣影視大樓，忽然又走入香港人的視線。影視大樓開了嘉年華似的，燈火通明，人聲雜沓，衝鋒車頂的警號燈響得煞有介事。

這是何Sir警察生涯的重大污點，然而，人命關天，分秒必爭，何Sir硬着頭皮向警司匯報。

警司暴跳如雷，更讓他暴跳如雷的是，忙碌了整個下午，毫無發現。

「如何？收隊？」重案一組組長在現場和在總部的何Sir通話。

「不要，不要，有辦法的，十分鐘，請給我十分鐘。」央求。

——一定在片場內，拜託，不要給歹徒時間把他們運出片場。

「除非有新情報，否則很難拖延的。」明顯對今次行動表達了不滿。

「有的，我一定盡力。」何Sir硬着頭皮説。

「會不會有誤會？」

「我明白你的顧慮，放心，無論如何，我都會給你一個説法的。」

大批傳媒趕到影城，滿心期待警方為他們製作一次精彩的報道呢！如何滿足傳媒，又給香港警隊體面的説法，是當下最重要的任務。

「不要啊！不要這樣作罷！」唐雪儀一面在網上收看直播，一面留心何Sir的動靜，非常焦慮。

「翻遍影城都不見二人一貓的蹤影，奇怪！」何Sir沒有理會唐雪儀，他正集中精神思考。

「他們不熟悉地形，所以找不到，讓我去幫忙，可好？」

「連我也禁足，你憑什麼？」何Sir微慍。

「我沒有地圖，也能在四十五分鐘內走遍全片場，不迷途，不重複。」

「地圖？咦……」何Sir靈機一動，「沒錯，地圖，影城的平面圖就是我們最後的救命草。」

「你的意思是？」

「我的意思是多謝你提醒。」

他立刻和現場的組長通話。

「我們漏了很關鍵的一個步驟，拿影城的平面圖進行搜索。」

組長當即明白過來。

「確實如此，不過你也不能怪我，命令來得急，我們又不是消防隊。」

「快點找業主取平面圖。」

「我知道，要入影城，我們第一時間便要找他，唐海令。」

「沒聽聞，不是影城大亨唐爵士？」

「現在管事的是他的孫兒唐海令。唐爵士受醫療保護，不問世事多年了。」

「好，你找唐海令，我和貓主現在趕來……」

「喂，誰說你可以來？」

何 Sir 古惑關機，「唐雪儀，走。」

16

到了影城，雪儀趁何 Sir 和重案組組長交涉時走開，往一棚的方向走去。

一棚，十六年前，雪儀站在一棚的入口等，期間有人說服裝間火燭，一個女人半推半拉把媽媽帶走。……媽媽回眸——「不要走開」！這是雪儀記得的、媽媽最後的聲音，之後，媽媽卻永遠「走開了」。

永遠。

十六年前，媽媽叫小芬在一棚入口陪雪儀，小芬後來也走開了。翌日，在後山坡發現小芬，撿回一命。十六年後，Lindsay 也是在一棚找回小芬。他們——Lindsay、小芬和求 Sir——會在一棚嗎？

一至五棚當年都是片廠，電影全盛時期，五組戲齊開，時裝片、武俠片、滑稽戲競逐拍攝，全香港最紅的演員、最搶手的導演日以繼夜在五個影棚川流不息……這種盛況，到了今天，湊合成一幅銀色餘暉的殘景，劇情比濫拍的科幻片更難叫觀眾買票入場。

至於影城，經過多年的加固修繕，格局一致，像一個個未糊上招紙的火柴盒。一層式灰泥長方形，只着重實用意義，美其名樸實無華。

門虛掩，警方應該搜查過了。室內沒有光線，門洞又深，雪儀探頭張看，長長的空間深不見底。雪儀記得，當年只有門洞沒有門。雪儀把門盡量推開，讓更多的陽光走進去。

盛夏，傍晚六時多了，太陽會依戀着天空，而天空，也會毫不示弱透着淡藍的白。今日卻忽地變了臉，整日都灰暗慘淡。雪儀開了手機的小電燈，小心地走入去。迎面是一個七十年代的普通家庭客廳，不知是作為拍攝的示範單位，抑或是上次拍戲留下來的佈景。無論是前者抑或是後者，這塊地方估計許久沒有人使用了，每當雪儀走過，腳下都會踩出塵土的沙沙作響。雪儀舉起手電，照射四周，沒有異樣。繼續往前，來到客廳的盡頭，穿過拱門，走入另一個佈置。仔細瞧，是一個醫務所的格局，右邊是登記處，左邊一排靠牆的弧形沙發。雪儀舉起手電四周仔細察看。

為了讓觀眾一眼看穿是醫務所，藥房不合理的，就在登記護士的後上方牆壁上。藥房釘滿了層架，層架木條板放置着一排排的藥罐。不過，仔細觀察，瞧出都是假的，不過是仿真度極高的牆紙。房子的盡頭，是一個釘着「診症室」牌子的小房間。

——敲門、門往裏開，就見到醫生吧？

雪儀走去推診症室門，門開啟，一雙眼睛直楞楞的望着她。

「嘩！」雪儀唬叫，嚇得後退。

「噗——」一個男人趁勢倒地。

雪儀心跳得快要窒息，閉上眼，蹲在地上。良久才睜開眼，定神偷看倒在地上的男人。

「啊！」原來只不過是個穿着醫生袍的人偶，並不真的是人。雪儀跨過人偶，想走入診症室。診症室原來也是假的，門內就是一塊堅實的牆。

「轟隆——」

忽然，屋頂傳來巨響，一道閃光劃破長空，繼而，「滴——滴——滴——」，開始下雨。雨點愈來愈綿密，瞬間變成傾盆大雨。

雪儀壓住心口，感覺一陣寒意——不知所措，不禁後悔起來。

——不應該自己跑來的。

正自忖時，何 Sir 來電了。

「喂，跑去哪兒？組長要見你，他以為我說謊。」

「對不起，我——」

「九秒九在我面前出現。」近乎咆哮了。

雪儀冒雨起跑，從一棚奔往臨時指揮中心。滂沱大雨下，濕透的火柴盒之間，但見一個嬌小的身影像天使般飛行。

「何 Sir——何 Sir——」雪儀快要斷氣了。

「喂，看清楚，這個就是貓奴，唐雪儀。」何 Sir 一手拉住唐雪儀，把她扯到組長面前。

拿着平面圖的組長，忍笑。「唐小姐，你的貓據說失蹤了，她有玩失蹤的習慣嗎？」

唐雪儀耍手，「她——老——」還在喘氣呢！

「被人擄入片場？」

「不……」唐雪儀說。

「是，」何Sir截住唐雪儀，急急說：「她的貓失蹤，她的朋友來找貓也失蹤，我的夥記來找她的朋友一齊失蹤。」

——幸好沒有失言！何Sir在合理化事件呢！

難道說：一隻貓帶警察擅闖私人地方？

「好了，不管你的貓——她叫？」

「小芬。」

「不管小芬跟誰有血海深仇，我們已搜過整座影城，貓毛也不見一條，現在又下了貓屎狗屎。我給你最後一個機會，你告訴我，我往哪兒找小芬？」組長把平面圖移到雪儀眼底下，又望着何Sir，說：「至於你的夥記和那位製作人，嘿，大人了，不知到哪兒快活了，索性連手機也關掉。」

何Sir忍着氣不答腔，雪儀望也不望平面圖，快速用手指一指，「一棚。」

「一棚已搜過了。」一名探員說。

組長卻舉手阻止他。

「好的，一棚，就鎖定這個範圍。」

組長親自出馬，還帶上三個幹探，要親自證明這是一場鬧劇。

「你跟我來，親自見證。」組長遞給雪儀一件雨衣。

何Sir待他們走開一段路，也冒了雨跟在後頭，組長佯作不知。

雪儀衣衫盡濕，又掛念小芬和Lindsay，只感到和天空一樣的淒涼，身子儘在抖。

幸好雨收斂了、放緩了，前面有警察，後面又有警察，雪儀的心慢慢篤定。

快來到一棚。

門口，依稀一個人影一閃而過。

……

——是我嗎？是小時候的我嗎？

來到門口，不見人的影蹤。

——或許，太掛念媽媽，太懷念當日了。雪儀索索鼻……

——天父啊，我承受不了再一次親人失蹤！

默禱：「讓我找回小芬他們吧！求祢！」

人潮一擁而入。一片昏暗中，只聽到外面點滴的淅瀝雨聲，在空氣中發出響亮的迴盪。

探員發揮效率，多支強力電筒齊亮，電筒所照之處，一切無所遁形。三個探員很有默契地馬上分頭搜索，剛才是隨便的巡視，今趟是翻箱倒篋……

「砰砰嘭嘭」，窗簾被扯下，沙發被移開，男人偶被踢起又躺到沙發上。

十五分鐘誇張的搜索，沒有任何發現。

組長找雪儀，發現她在診症室門外怔怔站住。

「唐小姐，死心啦！」

唐雪儀聽不到叫喚。

「唐小姐，唐小姐。」

抬頭看着組長，一臉狐疑：「好像，好像——」

「好像什麼？」組長問。

「好像跟剛才不一樣。」

「什麼？你剛才擅自——」

何Sir立刻搶前問：「什麼不一樣？」

「好像有人來過。」

「有人來過？」

「是的，在我走回去找你們之後。」雪儀皺眉。

「你如何得知？」

「我聞到氣味，是剛才沒有的。」

組長周圍一索，說：「一種葉子的清香味。或者，經歷一場雨洗滌之後，空氣瀰漫

着雨後的氣味。」

「不，是我熟悉的氣味，是……」雪儀搖頭，想一想，瞪大眼，「──呀──甘橘醋！是甘橘醋。」

雪儀在門邊俯下身，猛嗅，繼而抬頭，淚凝於睫：「我掛在小芬頸上的甘橘醋，小芬啊！」

一名探員也說：「確實是有一種氣味，我們第一次來的時候沒有聞過。」

可是，面面碰壁，而每一個角落都是堅實的、搜過的。

細心的何Sir想一想，問組長：「借看一下平面圖。」

何Sir定睛看平面圖。

「有什麼發現？」組長問。

「一棚的建築面積與其他棚不同。」

「是嗎？」

組長搶過平面圖。

的確，上面標示的尺寸，一棚長了八尺。組長再看製圖日期，已是十八年前了。

「這是最後的圖則？」何Sir問。

組長點頭，「業主說片場年久失修。這個日期已是最後的，之後都沒有改動。」

「唔，憑肉眼看倒看不出幾座廠房的分別。」

「當然，這麼大的廠房，八尺之差不容易察覺。」組長說，大有讚賞何Sir的意味。

「阿頭，我想度一度這座廠房。」剛才說第一次聞不到氣味的探員突然提議。

不待阿頭同意，他已立刻行動。

他手上有一隻行動錶，只要從頭到尾走一次，計算腳步，便知道哩數。他把腳盡量貼往牆腳，舉步，直線向門口一步一步移動。

到達門口，所有人都走過去，要知道讀數。

「怎樣？」屏息以待。

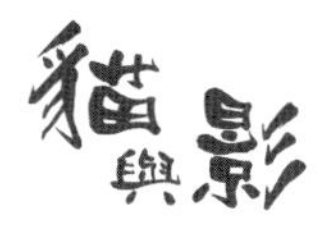

「阿頭，一棚有密室。」探員眼睛閃動，帶點興奮說：「古怪呀，單位長度與其他攝影棚是一樣的。」

「原來是這樣！怪不得！」何Sir大叫。

雪儀一頭霧水，「到底如何，發現了什麼？」

「唐小姐，拜託你的貓真的被人拐帶，藏在密室，不然，我們的行動使成了全城一個大笑話。」組長說，然後跟組員說：「走。」

「喂！」

所有人，再不理會還在發呆的雪儀，衝出了一棚，沿着牆腳，繞到一棚的後面，來到後方的短牆腳上。

「就是這兒，那個八尺就在牆後面。」探員指着短牆說。

這面牆，就是診症室的牆。牆腳下，一架單輪泥頭手推車橫放在那兒。泥頭車迅速給推開，大家在強光下檢視牆身。

短矮的牆，原來畫了一幅畫面豐富的牆畫。法國寫實派、顏色鮮艷濃烈的莊園，牆畫的近鏡是從後花園瞥見廚房的一角。窗欞上爬滿長春藤，精緻的爐具碗盤展現眼前。一扇門畫在左下角，讓廚子可以直接進出廚房。

「誰畫上去的？」

「其他廠房都沒有。」

「給我鎚子。」組長說。

鎚子拿來了，組長從牆腳開始，左右上下往牆壁上敲，不時側耳細聽，要找出牆壁上的虛位。

如果真的有所謂的密室，那麼，密室的部分，牆是空心的，敲打的時候，會發出不同的聲音。

十分鐘之後，組長已經滿頭大汗，卻一臉失望——所謂虛位聲音不同，只是一個理論，遇到厚實的堅牆，怎樣敲聲音都是一樣。

「阿頭，再敲恐怕要敲破。」

事實上，已經有砂塵從陳舊的牆壁掉下來，再敲打，恐怕它的身軀承受不了——畢竟老了。

組長直起身，嗟歎。

何Sir抱手在胸，望着牆壁，一籌莫展。

「何Sir，何Sir——」身後，但聽得雪儀的呼喚。

不知何時，她已跟上了大隊，當組長敲打時，她在靜觀。

「嗯？」何Sir回頭看她。

「門，那扇門。」

「門，什麼？」組長警覺地立刻追問。

「大小不成比例，我感覺，是真的一方門。」

「吓！」

有警員立刻將燈光全射到那扇門上。木門，髹了深藍色，七、八塊長木條用鐵片鐵釘嵌成一塊古色古香的木門，沒有門柄，中間的橫鐵片下面，有一個大得異常的匙孔。

「阿頭，是真門！」有人大叫。

「後面會是空心的嗎？」

「不會吧，若然是，剛才也聽得出來。」

組長猶疑，說：「我不肯定，見是門，有意無意輕力敲，其實沒有認真聽。」說得坦白。

「好像是先有門，其他的，環繞門加添上去。」雪儀進一步解釋，精於裁剪的她留心了這個細節。

組長再次拿鎚子敲向門，「咯——咯——」敲了數下，門響起實木的聲音；「咯——」再敲，果然。

「組長，敲匙孔。」何Sir說，組長當即會意。

「璫朗——」遇上了銅。

「鏗——咯——」繼而，門後面發出回音，在夜靜中清晰可聞，娓娓有餘音。

「哎呀！」登時，各人發出叫喊聲。

密室，真的有密室，就在門後面！意外的發現使人興奮，亂作一團，有人更嘩嘩大叫。

雪儀撲上去，湊近匙孔。

「呀，天呀——小芬，小芬——Lindsay——」雪儀淚流滿面，呼叫，「裏頭有甘橘醋，我聞到甘橘醋味！」

「你肯定？」組長問。

雪儀點頭，「我肯定，雖然味道很淡，沒有剛才室內的濃烈。小芬就在裏面！」

「讓開，救人要緊。」

雪儀又急又驚，快要昏倒，何Sir把她扶到通風的地方。

大家研究如何把門弄開。

「這是真木門，所以，假設匙洞也是真的。」

「匙洞當然要用門匙來開啟。」

警員有百合匙，不過，沒有任何一柄門匙大得可以匹配匙孔來旋動。

「假得那麼真，豈有此理！」粗話幾乎衝口而出。

「撬開窩釘啦！」

於是，動用了鐵筆，不久，整個匙洞給拆卸下來。匙洞顯得更大，而內鎖仍緊緊扣到門框上。警員找來鐵筆，在門框與門之間打直使力一掃。

「鏗鏘——」

門鎖跌落地上，發出令人振奮的聲音。

17

口供紙一

記錄：探員陳國良

地點：東區醫院

口供：探員原求

陳：你乘搭什麼交通工具入影城？什麼時候抵達？

原：計程車，接近八點。

陳：如何進入片場？

原：左邊，就是大門口向左走大約走八分鐘，有一條小路，可以繞過去片場的後山，再由後山的一個破口走入去，便可到達片場的北面。

陳：嘿，破口？誰弄的破口？

原：Lindsay說是合法的，隻眼開隻眼閉那一種。師兄，我口渴，給我喝一口水，好嗎？沒有力氣呢，幫我。

陳：……

口供紙二

記錄：探員李凌

地點：東區醫院

口供：盧桂枝（Lindsay）

李：這麼晚了，為什麼還帶着貓去片場幽會？

盧：不是我要去片場幽會，是老佛爺要我們帶她去曬月光。

李：……

口供紙一

原：老佛爺穿過手推車，走近牆畫，撲去牆畫上畫的木門，跳一下，抓一下，又喵喵的叫。

陳：這貓有靈。

原：對，所以，要小心貓。於是，我推開單輪車——這車可比想像中要重。我還未完全推開車，Lindsay 便心急走上去，栽了一跤，撞上牆畫的門，門就給推開了。

陳：門沒上鎖？

原：沒有。

陳：奇怪，你們的行蹤誰知道？有人設陷阱了。

口供紙二

盧：是金華設的陷阱，嘿嘿——嘿嘿——

李：不要開玩笑了，這趟撿回三條命，非常幸運，還拿死人開玩笑？

盧：嘿，開玩笑？你不信，夠膽今晚自個兒去片場。我們就在密室內找到金華的手機，還有簽遺書的筆。不是金華引路還有誰？要去嗎？我告訴你通道。

李：（想一想）你說的通道，嗰啲一隻隻都用嗎？

口供紙一

原：出去？沒法出去。門再也推不動。

陳：恐怕給人在外面鎖上了。

原：不知道，總之，窄窄的一個密室，把人困住了，叫天不應，叫地不聞。

陳：為什麼不打電話求救？

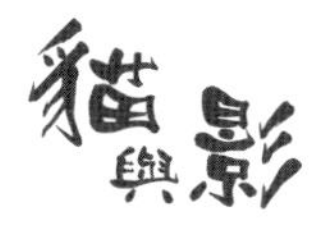

原：有空氣已是萬幸！空氣從匙孔走入來，幸好有這個通風口，晚上還有寒意呢！我們試過將手機伸向匙孔，手機似乎聯網了，不過，一下子停了。只有五秒，五秒之後，就是絕望。

陳：一個隙縫，你們才生存下來。

原：很奇怪，照理，風吹不入，陽光曬不到，下雨天漏進雨水，長年累月，應該有霉菌和霉味，密室卻沒有。

陳：有人長期打理。

原：誰有鎖匙？

陳：……喂，我在落口供。

原：誰有鎖匙？

陳：誰知道？知道也不能告訴你。

口供紙二

盧：我抱着老佛爺睡，難道抱着求Sir！

李：原求的風衣穿在你身上。

盧：下雨呀！我以貓命相逼他才脱下來給我。還説呢，你們警察一點風度也沒有。

李：……

口供紙三

記錄：組長劉棠添

地點：動物醫院

口供：小芬

添：可憐呀，以後都不要這樣盡忠啦。

小芬：喵喵。（我知道人，我明白）。

添　：貓是沒有頤養院的，下次不要這樣博命啦！

小芬：喵喵喵。（你知道就好，不要打擾我啦，死開！同你有親！）

18

經過調理，小芬已漸次康復，但一番折騰，身子明顯衰弱了。回到家，經常蜷縮在雪儀的被窩內，不太願意搭理人。

「她老人家使了蠻力，忘記自己不是十八廿二。」醫生怕小芬惱火，把雪儀拉過一邊說。

「你的意思是……」

「她喜歡怎樣就由得她吧！」

雪儀唯唯諾諾，淚水已在眼眶內打轉。

回到家，雪儀把家具佈置調動一下來遷就小芬，又自製一把三階活動梯，放置在牀邊供小芬上落，把長襪子剪開，套到每塊梯板上，套了多層，又找了顏色悦目的來考究配搭。雪儀很滿意，小芬也應該滿意。

「小芬女士啊！你要長命百歲啊！」

「小芬女士，出外曬太陽，可好？」

一有機會，雪儀便躺在牀上，抱着小芬，有一句沒一句的説。大多數時候，小芬都是閉起眼睛，氣若游絲的回應一聲半聲，敷衍了事。

直到一天，雪儀説：「小芬女士，何 Sir 待會來探望你。」

這才睜開眼，伸一伸前爪，來了點神，也有點惺惺作態。

——其實高興，又要扮矜持！

雪儀看在眼裏，心裏一陣酸一陣甜，從前的小芬好歹回來了。

門鈴響，雪儀問小芬：「要出廳坐嗎？」小芬沒説好，也沒説不好。於是，雪儀把

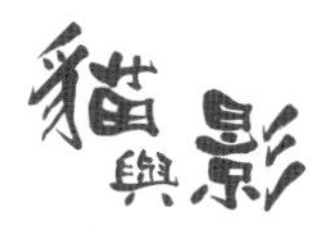

小芬抱出廳，安置到新購置的弧形獨立布座椅上。

何Sir脱了鞋，給雪儀遞上一隻名牌的神戶草莓，便逕自去跟小芬打招呼。

「小芬女士，近來好嗎？」陰聲細氣的像跟女朋友講話。

小芬躺在椅墊上，稍微拉動脖子，雙眼盯住何Sir的褲腳。

「有兩種味：一隻巧克力，一隻抹茶，你要吃哪一隻？」雪儀在廚房內揚聲問。

「不可以兩隻都吃？裏面包着草莓，都可以試吃。」

「我知道，小芬女士不可以吃，只我們二人，兩包都開了不好。」

何Sir選了巧克力。

「唉，你認得嗎？就是那條褲子。」何Sir回應小芬的眼神檢測。

雪儀走回廳裏，捧出茶點，也來看褲子，果然是自己救回的褲子，不禁開顏一笑。

何Sir也是為博兩位女士一笑，才鼓起勇氣穿上褲子。兩位女士永遠都不會知道，何Sir是如何「辛苦」才克服了穿補丁褲子的心理障礙。

「聽説你升官發財了。」雪儀坐下時説。

「哈哈——哈哈——就你說得最中聽。」何Sir打哈哈來掩飾窘態。

因密室事件，何Sir被請出總務科，也沒有其他部門願意收留他。於是，何Sir申請去美國進修，局方馬上批准，而他竟然又申請到進修耶魯國際關係課程。一個華麗轉身，回港之後三級跳也是可能。

「然則，求Sir又如何了？」雪儀關心的問。有點刻意吧？也說不出道理，和密室被救出的受害者們保持了距離。

「嘿，他才是真正的升官發財！坐擁一條街！」

「哪條街？」

「長洲警署街。」

明白了，長洲警局就位於警署街，而那條街，走二十步任誰都走得完。「發配邊疆」！

二人靜默了一會，何Sir問雪儀：「你拿回你的筆沒有？」

雪儀點頭，又說：「何Sir——」

「嗯？」

「當大組長叫我去拿筆時，剛巧，影城的業主也去拿回圖則，我見到業主。」

「誰？」

「唐爵士的孫，我不知道他的名字，組長喚他唐先生。」

「唐先生——好像叫唐海令。」

「是嗎？」

「這個唐海令，怎麼了？」

雪儀一怔，繼而一笑，說：「沒什麼！」

其實，雪儀想說，唐海令的一身打扮似曾相識。大熱天時的夾克，高檔的皮鞋……把雪儀的記憶連貫到金華——把照片遞得老高，貼近大理石柱，大理石柱後面，掩映着的一個人影。當天，在組長的辦公室，見到年輕的唐先生，那個人影就忽然跳了出來。

不過，吃着巧克力草莓的雪儀，最後還是把要說到嘴邊的話連草莓一同吞了下去。

出於好奇心，把各人引到金華「被」自殺的懷疑方向走，才弄到今天這樣的田地！

——還是不說吧！「這個巧克力草莓很好吃，多謝你。」轉為說。

過一會，雪儀又開腔：「何 Sir，警方有沒有向你透露……密室……？」

「噢，密室嗎？那倒沒有什麼秘密，就是當年拍攝一個露天表演台的場景，拍完戲，叫木工去拆，不知何故，木工不拆，反而有創意地搭成小房間。多年後，各攝影棚作了加固統一外觀的建築，又輪到建築工人發揮創意，沿小房子抹上灰泥了事。」

「好像車衫，在前幅車上口袋，然後疊上後幅再車，口袋便自然藏在前後幅之間。」

「哈，形容得倒貼切。」

「警方有沒有追查誰畫上牆畫？誰有鎖匙？」

「有查的，可是，誰都說不上來，一時說這個，一時說那個。」

「這樣嗎？」

何 Sir 明白，答案毫無說服力，不過，連警察都不認真追查，又有誰會尋根問底？

「真正知道內情的，就只有你吧？」何 Sir 跟小芬說。「小芬女士，對不對？」

小芬一臉不屑，閉起眼睛，更索性把頭埋在自己的毛皮下面。

「金華的手機？」

「手機最後的訊息就是你，你好彩，因為認定金華自殺，不把你列入疑犯看待。」

雪儀一笑，說：「如果成了疑犯而展開調查，我倒樂見。」

「不過手機確實奇怪。」

「嗯？」

「手機竟然由唐海令取走了，他說汝之前不想走動，授權他代領。也不經證物科，直接由唐海令簽名，從重案組取走。」

「很兒戲似的，何Sir不見要怪我說的坦率。」

「誰又可以見怪誰？」何Sir苦笑，「這個年頭，香港風就是流行兒戲。總之，有頭有面的人打橫行都得。」

何Sir告辭了，雪儀大膽提出意見：「我們保持聯絡」，何Sir爽快答應。

臨走時，何Sir才醒起，說：「呀，還有一件事忘記了。」

「嗯？」

「照片，要還你照片。」從西裝內袋掏出一個小塑膠袋，說：「金華的兩幀照片。」

雪儀撫摸着塑膠袋，無言。

「唐小姐，其實——」何 Sir 指指塑膠袋，欲言又止。

「怎麼樣？」

何 Sir 想一想，還是搖頭：「沒有，沒有事。」

真的走了。

何 Sir 要說的話是關於照片的，不過，像唐雪儀一樣，為免再節外生枝，吞回去了。

當天在影城，在警方的臨時指揮中心，何 Sir 看見一個男子好生面善，硬是想不起在哪兒見過。「他是誰？」何 Sir 好奇，問組長，組長順着何 Sir 的眼光看去。「哦，你不知道。唐海令嘛！」「唐海令？那麼年輕。」何 Sir 詫異，但，肯定不認識，為什麼面善？回到家，取出兩張照片——照片一直存放在家，並沒有拿回辦公室——「呀」的一聲，想起來了。立刻打開電郵，核實師兄李渡吾傳過來的解像。「怪不得！」

——宋懷恩！

唐海令活脱是長大了的宋懷恩！

升降機來到地面，何 Sir 步出接待大堂。

迎面，颳起一陣怪風，向何 Sir 直撲。

何 Sir 抬頭，天空鉛一樣的灰頭土臉。

「猜不透鉛黑面容後面，天空在賣弄什麼。」何 Sir 雙手插袋，喃喃自語。

不知不覺，心中的一塊鉛卻滾跌了，人忽然變得輕鬆。

釋懷了！

——既然莫名其妙，猜不透，豈不是説：忽然一天，又無端所有事會揭露出來？

何 Sir，打哈哈，迎着風繼續前行。

黑雲之後有風雨，風雨之後有雲隙光，一定的順序吧，誰知道呢？

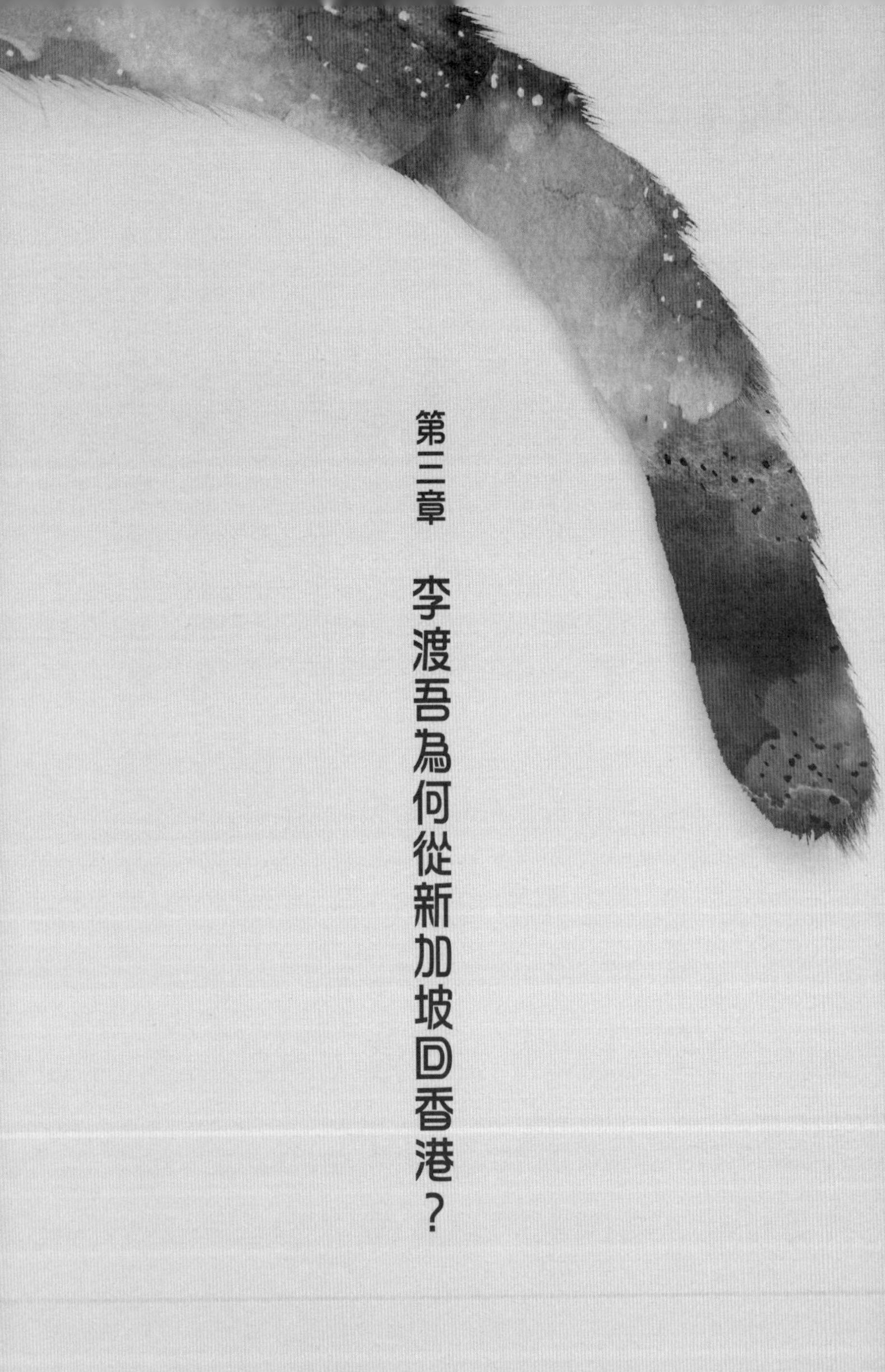

第三章　李渡吾為何從新加坡回香港？

1

2018年。

風暴山竹吹襲香港，六萬棵樹連根拔起。

兩個月後，高空，飛機上。

過去我不知什麼是寬闊胸懷
過去我不知世界有很多奇怪
過去我幻想的未來可不是現在
現在才似乎清楚什麼是未來

噢……

過去的所作所為我分不清好壞

過去的光陰流逝我記不清年代
我曾經認為簡單的事情現在全不明白
我忽然感到眼前的世界並非我所在

二十多年來我好像只學會了忍耐
難怪姑娘們總是說我不實實在在
我強打起精神，從睡夢中醒來
可醒來才知道這世界變化真叫快

噢……

放眼看那座高樓如同那稻麥
看眼前是人的海洋和交通的堵塞
我左看右看前看後看還是看不過來

這個這個那個那個越看越奇怪

過去我不知什麼是寬闊胸懷
過去我不知世界有很多奇怪
過去我幻想的未來可不是現在
現在似乎清楚什麼是未來

噢……

不是我不明白，這世界變化快
不是我不明白，這世界變化快

「飛機快要降落香港國際機場，多謝乘搭本航班。」機艙中傳來機長的廣播。

「先生，先生——」

李渡吾除下耳筒，看見空中服務員笑意盈盈，又指指他的耳筒。

「噢……」

李渡吾關了手機，停止了《不是我不明白》。李渡吾服從空中服務員的指示，做好了所有應做的降落預備，服務員走開了。

2

2018年，風暴山竹吹襲香港，六萬棵樹連根拔起。

兩個星期後，食環署到各處收集倒塌的樹木。

先把搖搖欲墜的樹枝鋸下，堆放到一處，然後用吊臂把塌樹幹連根帶泥小心吊起，安置到車斗上。

今天輪到清水灣，食環署按照程序清理一棵紫荊花樹。

「小心。」工頭吩咐。

清理樹木工作大致完成，工頭叫工程車先行離開，然後督促清潔女工：「快點清理，趕收工。」

在旁等候的兩名女工跨過圍封條，一個拿掃帚清潔，另一個預備平整樹坑。

「這個坑洞……奇怪！」

「什麼？」

「有個麻布袋。」

另一個清潔女工放下掃帚，過來幫忙。

「還捆綁住呢。」

日子久遠吧？捆繩和袋口黏連在一起，無法打開。

「動作快點，沒吃飯？」工頭在下面大叫。

「整袋扯出來算了。」

於是合力——一拉一扯，麻布袋給扯出來。開始腐爛的底部經受不起折騰，借機完全裂開，一骨碌，袋內的物件從底部倒出來，滾進樹坑。

「是什麼來的？」二人往樹坑下望。

瞪大眼，嚇得四腿發抖——

「喂，還不出來，尋到寶藏？」工頭再一次大叫。

3

李渡吾入住上環的一間酒店，要了海景房間。房間在二十一樓，遠眺維多利亞港，右上角　個孫中山紀念公園，李渡吾從未見識過。凝視窗外良久，依舊保持眺望的姿勢，掛電話到香港警局通訊課。

「喂，我到了香港。」

「嘿，這個時間，你要請我吃晚飯？」電話的另一端是何兆明，他從耶魯大學學成歸來。有幸師承 Bradford Westerfield 的他，歸隊後立刻成了局內的新貴，研究國際關係法的同事畢竟鳳毛麟角，而國際關係忽然「很熱」。

「吃飯？我沒時間。你幫我聯繫了犯罪課沒有？」

李渡吾看不見何兆明在電話的另一端大搖其頭。

「急也要吃飯嘛，何苦呢！」

「阿明，Westerfield 教授的名句是什麼？」以師兄的身分直喚貴為通訊課總監的何兆明的名字。

「『強大的敵人永遠存在，只是以不同的面貌出現』。」

「你最好銘記在心。你去吃飯，難道敵人去屙屎？」

「唉，師兄！你唔吃飯，敵人就唔屙屎？」不過，何兆明還是投降了，「已經幫你安排好了，隨時可以過去。」

當食環署在清水灣清理塌樹翌日，何兆明收到李渡吾從新加坡的來電。

「清水灣發現死人骸骨？」李渡吾焦急問。

何兆明莫名其妙，李渡吾於是告訴何兆明，在紫荊樹下，埋了一個麻布袋，布袋內有女人的骸骨。

「嘩，你好恐怖！」聽罷李渡吾的陳述，何兆明只感到毛骨悚然——何兆明還未收到消息，身在新加坡的李渡吾已精準地告訴他昨天在香港發生的事。多年來，李渡吾都在跟蹤香港警方的通訊？所為何事？

「我有一位朋友失蹤多年。」李渡吾說。

「初戀情人？唔。」聽到這個解釋，「多情」的何兆明縱然不滿意，也只好「體諒」了，說：「未必是你朋友吧？茫茫人海。」

「或然率高於 8%。」

「什麼？」何兆明彈起。

不要輕看 8%，以為微不足道。茫茫人海，加上人工智能，這個數字很有爆炸性。

「我想來香港檢測麻布袋和骸骨。」

「這個——」完全不可能的任務，何兆明正在想如何回絕。

「我可以為你的部門做免費安全評估。」不料李渡吾有備而來。

相當吸引的條件，上任不久的何兆明，確實需要建立威信。他答應幫李渡吾串聯，其實相當複雜，因為要不同的部門甚至跨局的同意。沒想到事情卻非常順利——大家都非常有興趣見識尖端科技的能耐。最重要是免費的，不用招標，只要各級首長「肯負責」就可以。

何兆明連食環署、路政署都打了招呼。

李渡吾聽說可以直接過去犯罪課，才說聲「多謝」，又補了一句：「不要見怪，證據在土壤裏封存沒有問題，一旦暴露在陽光下，便一分一秒地在我們的指縫間流失。」

何兆明暗笑，這個說法完全站不住腳。當李渡吾要來說服他的時候，分明說「激光誘導熒光成影技術（LSF），可以令骨頭周圍肉眼看不到的軟組織在黑暗中發出熒光」。

何來分秒必爭！——看來這個初戀非同小可！

「無論如何，明天一定過來找我吃飯。」何兆明說。

李渡吾答應了。

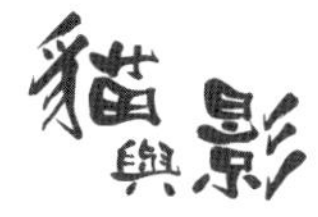

掛線後，李渡吾卻猶豫，因為何兆明的一句「初戀情人」！

回港之前，李渡吾已下定決心，若然骸骨不是她，便放棄多年來的追查，死心了。他不想這麼快揭盅。

看看腕錶，「久違了，香港著名的落日！」他跟自己說。

決定留在房間等候，好好欣賞那一丸令人讚嘆的橘紅。

4

「喂，『催命符』似的，一下機說要過去犯罪課，結果呢？」

「結果你當然知道。」李渡吾一笑，說：「這碟蒜泥白菜太讚了，在新加坡無論如何也吃不着，多謝你。」

「我有說請客？」何兆明一邊說卻一邊把白菜全夾到李渡吾的碗內，續說：「明知故問啊！」

犯罪課同事告訴何兆明，李渡吾今早才去串聯。

「你要知道什麼？我為什麼說去不去？抑或今早的收穫？」

「兩樣都要。」

「那就要去一個安靜的地方，淺水灣，如何？」

何兆明打冷戰，兩個男人行沙灘？

「要講初戀故事嘛，對着大海才有勇氣。」

何兆明只好驅車入淺水灣。

「阿明，伯母是怎樣的一個媽媽？」

到了淺水灣，何兆明等着聽故事，不料李渡吾第一句是問候伯母。

「故事要由阿媽說起？」

李渡吾點頭，「你配合一下，好嗎？說故事不是我的強項。」

「唉，我阿媽，很典型的中國香港女士吧，願意為家人犧牲，經濟獨立、主導。現在仔大女大了，丈夫不再是boss，反而有點阻手阻腳的嫌棄，撇開我阿爸，到處吃喝玩樂……」

「我阿媽卻是非典型，百年難得一遇。」李渡吾接腔，「據說，當年嫲嫲是看中她的外向樂觀個性而硬要典型宅男的爸爸娶過門。沒有查明這個女孩不懂煮飯也沒有興趣打理家頭細務，她在麻雀館的時間比在家的時間更多。」

「她敗了你們的所有家產？」

「那倒沒有。她是麻雀高手，輸少贏多，不過人也賴皮，欠債不還，為此我們經常要搬家。」

「啊，好一個非典型！原來你有不愉快的童年。」

「也不算不愉快，有善良的爸爸我足夠了，媽媽的感情也扯淡。不過，就是生活得亂七八糟，屋子沒人打掃，飯也是有一頓沒一頓。情況到了我七八歲才有改善，當時我們又換了房子，搬去大角咀，隔鄰是一戶黃姓人家。」

「咦，女主角出場了。」何兆明笑說。

李渡吾也不否認。

「黃先生夫婦胼手胝足經營車衣工場，兒子移民澳洲，只有女兒跟在身邊，我管她叫蓮姐。」

「姐弟戀。」何兆明一愣，瞅身邊的男人一眼，「你的蓮姐——多少歲？」

李渡吾避而不答，續說：「蓮姐見我們兩父子生活得不體面，經常借故過來幫忙，自此我們的家庭生活有了起色，開始正常化。到我小學畢業那一年，因為成績名列前茅，要做學生代表在畢業禮上致詞。我太興奮了，專注練習致詞，並沒有為意我的校服見不得人，非常失禮。畢業禮的前一天，蓮姐把我叫過去。『你看。』她指指牆壁。牆上掛了一套簇新的校服，連校章也繡上了！我太感動了，我……」

「後來你們談戀愛？」

李渡吾搖頭：「後來，她嫁了人。在我升上中四的那一年，嫁了一個叫唐維垣的男人。」

「哦，原來是……」何兆明本來想說「單戀」，不忍心，改為：「很朦朧的愛。」

「一點也不朦朧，」李渡吾反對，說：「我有大聲立誓，說：『到我長大，我一定要娶你。』」

「很有男子氣概。」何兆明只好認同，又說：「故事結束？」

「本來可以結束了，不過——」

「嗯？」

「過了五六年吧，街坊傳來消息，蓮姐的丈夫交通意外身亡。」

「唉！他們有子女嗎？」

「有一名女兒。」

「你如何反應？」

「我有時間就去跟蹤。」

何兆明又望一眼李渡吾，先是淡如開水的單戀，再來一個「默默守望」，這樣的男人已經絕種了吧！

「走吧！」何兆明拍拍李渡吾肩膀，爬上沙灘；一是不願聽下去，二是怕西裝滲入帶有鹹味的海風。

上了車，才記起麻布袋枯骨。

「今早做了 LSF？」待李渡吾坐到副駕駛座，問。

「做了。」

「要多久才有報告？」

「應該沒有報告。」

「為什麼？」何兆明詫異。

「我沒有蓮姐的 DNA，無法做比對。」

「吓？你——」何兆明大大驚嚇，細心回想，感覺受騙。

被信任的朋友傷害了！他雙手放在軚盤上，氣得説不出話來。

「喂，我沒把話説完。」

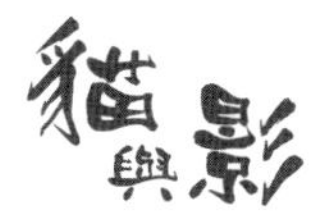

何兆明不瞅不睬，李渡吾見他沒反應，隔了一會兒，自言自語：「唔，不知我提供的指環線索，對警方有沒有幫助？這個方法，應該比 LSF 更直接。」

何兆明聽聞，終於從駕駛座抬頭，用疑惑的眼神望向李渡吾。

「有興趣知道？說，說你有興趣知道。」

5

唐雪儀和 Lindsay 從警局走出來。

媽媽失蹤十八年，最初是迷惘，繼而是痛苦，到現在，媽媽的影像已變得模糊。縱然不能肯定媽媽不在人世，這些年來，雪儀已漸漸接受她已在天家的事實，沒料到——

颱風山竹襲港，十八年平靜生活再起波瀾。

「唐雪儀小姐？」一把陌生的聲音，說是警局打來的，唐雪儀錯愕。

「警方發現可能是你媽媽的骸骨，有一隻指環套在無名指上。請你走一趟。」雪儀告知Lindsay，Lindsay陪她到警局。警員從一個塑料袋取出一隻白金指環，「請你戴上手套。」警員說，然後把指環放到雪儀的掌心。一隻結婚指環，外圈是葉紋的簡單圖案。這種指環實在太普通，對於當年只有五歲的雪儀，她怎可能辨識？正在狐疑時，警員又說：「你留意內圈。」

雪儀把指環再移近一些。

——原來有兩個刻字。

雪儀仔細瞧。

「維——垣——維垣？——呃——」

雪儀抬頭，瞪大眼，不可置信。「啊！」繼而摀口，淚水已禁不住——

警員再跟她說了好些話，雪儀腦海卻一片空白。

「可能？」「不可能！」最教人無法接受的是，警方說：「她極有可能給人活埋！」

「媽媽！怎麼會？誰人會對她狠下毒手？」

惘惘然走出警局，腳步不穩。Lindsay看在眼裏，非常憂心。

「雪儀！」喚了一聲。

雪儀望着Lindsay，未能回答，眼一闔，快要倒下。

「雪儀！」大叫。

身後，一個男人瞬間撲至，及時抱住唐雪儀。

何兆明，何Sir。

6

Lindsay輕輕帶上房門。

「睡了？」何Sir問。

Lindsay點頭，繼而「唉」了一聲，倒在沙發上。「真可憐，老佛爺剛剛過世，又遇上晴天霹靂。」

半年前，何Sir在唐雪儀的Instagram上知道貓兒去世的消息。害怕離散的他，沒有現身告別禮，送來花籃代替最後的祝福。

「要喝點什麼？」

何Sir舉起手上的杯，原來他已經招呼了自己。

「什麼來的？」

「黑金傳奇。」

——一隻台灣的薑母黑糖茶。

「你怎會及時在警署門口出現？」Lindsay好奇。

「真的不知從何說起。」何Sir坐直身子，道：「而且，我不能跟你透露細節。」

「明白的。阿求跟我說話，也是有一句沒一句的……」Lindsay諒解，「何Sir，揀可以說的說吧！」

「阿求？原來二人秘密交往！」何Sir心想。望一眼Lindsay，「又一對姊弟戀。」

並不察覺自己說漏嘴的Lindsay，靜待何Sir開腔。

「還是從小芬女士說起吧，」何Sir想到了，「其實，我想查問有關小芬女士的事。」

「小芬？」

何Sir點頭，問：「她一隻腳跛了，如何跛的？什麼時候？」

「不知道如何跛的，就在雪儀媽媽失蹤的翌日，被發現躺在影城的後山。當時左後腳有血塊黏住，屈曲。後來我們揣測，她去找雪儀媽媽時不慎弄傷。」

「沒有報案？也沒有去醫院醫治？」

「何Sir，你有無咁誇張！警方會受理？！」

何兆明語塞。

「幸好當年開始盛行武俠片，媽媽立刻在片場找來龍虎武師。龍虎武師，你知道？」

「知道，萬能key。」

「幫小芬駁骨。」

「能不能找到那個龍虎武師？」

「這個……重要嗎？」

「小芬是火葬？」

「是的。」

「所以，我們不能在小芬的骨灰中尋找線索。」

「我回家問一問媽媽，不過你知道，老人家記憶很清楚，但表達能力奇差。」

「有她的生活照嗎？」

「誰？我阿媽？」

何 Sir 噗嗤笑出來。「看來我也是老人家，表達能力奇差。我說的是小芬，我想要拍到她腳部位置的照片。」

「我找找看，找到了傳給你。」Lindsay 始終好奇，「何 Sir，小芬的傷，跟雪儀媽媽

有關？」

「當然，有極大關係。」

「警方會展開調查？」

「還需要多一點證據，只是發現麻布袋骸骨，不足以要求警方立案。有可能她自然死亡，有人發現了，又不知道她的身分，便埋葬了。」

「不會吧！」Lindsay 皺眉。

——為了節省工作量，再牽強的故事也可以堆砌！

何 Sir 淡淡一笑。「所以小芬的腳傷至為關鍵，如果能證明是人為的，我便可以要求立案，為雪儀媽媽的死展開調查。」

「啊，原來如此！」Lindsay 恍然大悟，「所以呢，真是天網恢恢，真相就是真相，再久遠也會揭曉。」

「這也得有人莫失莫忘，不放棄的配合。」何 Sir 把黑金傳奇一飲而盡。

「什麼人會不放棄，莫失莫忘？」

「某個故人。」

「故人？誰？」

「你們不認識，我也被叮囑不可以揭露他的身分。」

「這樣的故人——可以不理會吧！」

「對，絕對不要理會他。他出現片時就會消失，可是，我們不能缺少他的幫忙。告訴你吧，幸虧他，雪儀才可以和媽媽重逢。」

「又是故人？到底整件事的來龍去脈是怎樣的？」Lindsay焦急追問。

「耐心等候，這些天，好好照顧雪儀。總之，兇徒絕不能逃出法網……」

「兇徒？有兇徒？誰？怎會有人這麼獸性？為什麼？」

何Sir自顧自走近大門，穿鞋。

Lindsay沒趣，「不問啦！」

「記得……」何Sir帶上門時叮囑。

「龍虎武師、照片，知道了。」

7

果然不出 Lindsay 所料，媽媽記得誰幫小芬治傷，不過說不出細節，也不知道如何聯絡龍虎武師。後來又說，龍虎武師是洪金寶。照片傳過來，小芬刻意藏起有傷痕的腳，根本無法用肉眼做判斷，始終是小姐，非常介意傷痕！

不過，警方不肯立案調查，不是因為上述的證據不足。

——當 LSF 的報告指出死者生前患末期胃癌，更加確定身分是黃美蓮無疑。

「那就請死者家屬領走好好安葬吧。」

何 Sir 認為要調查真相時，得到的答覆是：「又不是什麼大人物，不要大費周章。我們的資源相當有限，而破案的機會微乎其微。」

何 Sir 明白過來了。

死者在影城的後山被發現，當初興致勃勃，以為是大明星之類的人物！警方淪落到要借大明星出風頭？

何Sir想再申辯，李渡吾卻推推他的手肘，示意他結束視像會議。當電腦關掉後，李渡吾起身，默然離開會議室。

「喂！」何Sir追出去。「講話呀，不能一聲不響就走。」

「放心，我答應幫你做評估，不會食言。」

「之後呢？回新加坡？」

李渡吾總算停步了，望一眼何Sir，一笑：「不回去了，香港才是我的家，縱然她變得不可愛、現實、殘忍！」

說得何Sir哽咽，又知道自己什麼也幫不上忙，提振精神問：「放棄？」

「你說呢！」再次邁開腳步，頭也不回。「我不會讓一個人白白死去的，即使這個人在別人眼裏微不足道，她仍是爸媽的寶貝，仍是某些人心裏的至愛。」

「喂！」

這個時候，何Sir電話鈴響。一接電話，對方就說：「在哪？那個AI高人在你身邊？」

沒有來電顯示，「誰？」

「阿棠。」

「阿棠？」

「Tim，記得嗎？」

噢！記得了，那次密室事件的重案組組長，叫劉棠添，名字十分搞笑，有個喜歡促狹的爸爸吧！劉棠添從來不許人連名帶姓喚他。

「留住那個人，我要跟他好好談一談。」

「好。」何Sir非常高興，掛線，大叫：

「喂，有個人自己『䟕』個頭出嚟！」

8

經何 Sir 安排，在一個非常安全的地方碰頭。

「只要提供多點線索給我，我會想辦法說服上頭開檔案。」劉棠添說。

「你沒有辦法。」李渡吾冷笑。

「我有辦法，如果我硬要調查，上頭沒奈何。要知道，東區是我的地頭。」

「那你就去調查吧，誰又能阻止你。」李渡吾說。

「你不信任我？明白的。這個年代，誰又能信任誰？不過，憑你一己之力，你別想揭露真相。」劉棠添挑戰。

何 Sir 瞪大眼，訝異，「你要私下調查？」

李渡吾不作聲，算是默認。過一會，問：「Tim Sir，我是有私人原因放不下，你又為了什麼？」

「我也有原因放不下，三年前在影城發生的密室案件，兩個人、一隻貓幾乎喪命。我

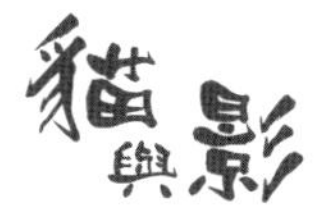

預備展開調查時，上頭着力壓下。……」

「明白了。」李渡吾説：「又一個私人理由，要破大案紮職出風頭。」

「誰不想破大案！」

「哼！」李渡吾更不屑了。「我沒有線索提供，兩件案各不相干。祝你早日升官，告辭了。」

「唐維垣。」劉棠添突然説。

李渡吾正要離開，Tim Sir 説出一個名字。李渡吾一怔，用奇怪的目光望着劉棠添。

「正義，也為正義，雖然覺得肉麻。這些年來，我沒有放棄的反復推敲，也翻查了不少資料，就是沒有任何頭緒。意外發現唐爵士有一個兒子叫唐維垣，不過很奇怪，誰也不認識唐維垣，很避忌。現在管理龐大集團業務的，也沒有這號人物。關於唐維垣的資料少得可憐，幾乎等於零。」

「兩個唐維垣是同一個人？」何 Sir 立刻會意，問。

劉棠添和何兆明都向李渡吾投來急切期待答案的目光。

李渡吾重新坐下，整理一下思緒，立定主意說出來了。

「你的推斷沒錯，當年，製衣業小企開始走下坡，黃美蓮憑着一雙巧手，入了電影圈，遇上唐維垣。二人相戀，決定結婚，婚事遭到唐維垣的爸爸、也就是電影大亨唐爵士反對。他警告，如果二人結婚，唐維垣再不是他的兒子，以後更不能繼承銀色事業。」

「唐維垣甚有骨氣，沒有因此放棄愛情，反而和美蓮組織小家庭，自力更生。」何Sir猜測。

阿Tim一笑，接腔：「唐爵士更有骨氣，說到做到。我查過了，唐海令，生死註冊處沒有記錄，石頭爆出來的。」

「唔，唐雪儀是兒孫卻不為人知，唐海令不知出處卻成了巨企的領軍人。……」何Sir沉吟，又問：「師兄，你應該一早有頭緒吧！」

李渡吾搖頭，「唐維垣身世封得密，而我當年——」

——明白的，年少又情傷，哪會往利和權的方向想！

「無論如何，我已有足夠理由重查舊案。唐維垣、唐海令、唐爵士，響噹噹的名

字，警方夠出風頭了。」

「恐怕太響噹噹反而不讓調查。」何兆明說。

「我就是去威脅，如果不做，給傳媒抖出來就『大鑊』！」

「而誰會向傳媒放料？不就是你？Tim，真有你的。」

「Tim Sir，謝謝你。」李渡吾終於說，很謙遜。

「不必啦！師兄。我也不能大鑼大鼓從埋屍查起，只能從密室事件着手。其實，我還未有方案。」

「兩件案的關鍵人物是唐維垣。」何兆明說，「阿 Tim，考牌呀！」

大家沉默。

「阿明，你有沒有跟 Tim 提起照片？」這個時候，李渡吾問。

「照片？」

「三年前，你找我幫忙，宋懷恩，記得嗎？」

「啊！」

「宋懷恩是誰？」阿Tim聽得一頭霧水。

「宋懷恩不就是唐海令？」李渡吾一笑。

「阿Tim，師兄幫你找到調查的起點了！」何兆明説。

9

劉棠添再一次踏足清水灣電影廠。

他拜訪唐氏總部，撲了空，唐海令去了電影廠，開戲？

「是的。」職員回答，「你現在入清水灣，就可以找到唐先生。」

劉棠添謝過職員，便驅車直奔清水灣。到大閘前，守衛竟然放行，也不用訪客證，彷佛知道他會來似的。

冷清的影城，只三棚忽然熱鬧起來，搭了一個很奇怪的廠景——一個舊式攝影棚，入口處，兩邊堆滿搭建廠景的木板，所有燈光都照射到此處。外圍，工作枱上放着一排現代化的與拍攝有關的電子儀器，工作枱後面，一個打扮怪異、瘦削的男子坐着，凝視電腦屏幕。

——有點面善……華導演！

劉棠添的腦海迅速與金華的案件對接，由於對案件有濃厚的興趣，牽涉其中的人物他都着力研究過，彷彿都是朋友。

不見唐海令。

劉棠添趨前，拿出證件，說：「是華導演？我是東九龍重案一組 Tim Sir。唐海令先生在嗎？」

「唐先生？你說唐出品？」華導演沒有抬頭。

劉棠添不知道出品是「出品人」的意思，亦即是一套戲的「金主」。

「呃——」

劉棠添搔頭，正想説話，華導演卻舉手示意他安靜。

突然，照射到佈景的燈光減了一半，周圍環境黯淡下來，一支水銀燈全照到層層疊的木板上。

外圍，一個男人冒出來，拿着牌子。

「開麥啦！act 1 take 4」，將牌子一拍，立刻走開。

一名女演員步入鏡頭，一邊走一邊自言自語：「累死人了，開通宵，還要拍戰爭場景，扮難民，走難？睬你都傻。」

爬上木板，躺下睡覺。「臨時演員，何必賣力？」

燈光徐徐在木板上收窄，女演員隱蔽在黑暗中。

「Good take！」華導演大聲説，又豎起拇指，所有燈光再次亮起。

劉棠添看得入神，似有所悟。

攝製廠沒有紓緩下來，仍然是備戰狀態，看來，電影製作正火速進行。

「重案組……」這時候，華導演空出時間搭理陌生人。

「Tim Sir，是的。製作新戲？」

「不錯。」華導演一笑，又問：「你怎知道我是華導演？」

原來專注的導演可以一心二用。

「我曾經負責金華的案件。」

「金華？案件？我記得當年是一名何姓的督察。」華導演一愕。

「啊，他升官啦！由我這『二打六』來接手。」劉棠添喜歡緩和氣氛，有利調查，並伸手跟華導演一握。「這戲——是什麼來頭？」

「就是《藍與黑》的來頭，《藍與黑》『爛尾』。三年後，唐出品突然給我一個新劇本，叫我 call 齊原班手足。他說，把全部資金投放到新戲，讓我放心好好的拍。」

「原來這樣！這套片說什麼？」劉棠添很好奇。

「內容嗎？全新的，我不能劇透啊！只可以告訴你，走推理路線。」

「靈感來自金華自殺？」

「不是，完全沒有關係。咦，Tim Sir，金華還有案？她一早升仙啦！」

「隨便說的。」劉棠添摸着頭打哈哈，又問：「你說唐先生給你新劇本？」

華導演點頭，「他非常重視這套片。我懷疑劇本是他寫的，不然也是個新丁，署名WY，如果不是老闆掟過來，我看也不看一眼。」

「哦，這樣嗎？」劉棠添意味深長。

「他應該在附近，開鏡後，差不多天天都出現，車子深藍色。」

劉棠添卻沒有意思離開，華導演不理他，繼續拍攝。同一個場景，多了幾個演員。叫了「開麥拉」之後，演員馬上投入角色。

一個中年男角跟一個年輕女士在入口處對話。

「你的兒子死了。」

「我沒有兒子。」

「你不認兒子，不認我這個兒媳沒關係，請你照顧——你的孫兒。」

「為什麼？」

「我患了癌症。」（哭泣聲）

（男演員一呆）「你帶他來了嗎？」

（女演員點頭）

「我正忙着，你去橋邊等我。」（二人離開的腳步聲）

（燈光又聚焦木板上，原先在木板上的女演員坐起身）

「有這等事？」

（離開的角色並不知道木板上有人，對話給那人聽見了）

「cut！」

華導演把木板上的演員叫到面前。

「你的表情不行，要更複雜。一下子，天跌下來一個大秘密，你立刻想到如何利用這個秘密發大財，明白嗎？」

「明白，我再揣摩一下。」女演員恭敬的說。

「看來，這場戲要重拍。」劉棠添心忖。

他預備去找唐海令，走幾步又回頭，問華導演：「我可以來看拍戲嗎？」

華導演的答覆是肯定的。

「可以呼朋喚友？」得寸進尺。

華導演心想，「假公濟私躲懶？」便說：「一個起兩個止」。

劉棠添給他行了一個軍禮，真的走開了，一邊走一邊發短訊：「唐海令開新戲，我覺得內藏玄機，你們來看拍戲。」

他、何兆明、李渡吾開了一個叫「雪蓮」的羣組。

向出口的方向尋找，經過二棚，來到一棚的空地。一輛深藍色 Benz Open-top Luxury 停在空地上。除了唐海令，還有誰的座駕可以在影城通行無阻？

駕駛座有人站起身，向劉棠添招手。「嗨！」劉棠添趨前，再次拿出證件自我介紹。唐海令示意他坐進副駕駛座，坐下之後，劉棠添借機定睛看這個傳奇人物。

真人比網頁的照片老成，相當俊俏呢，有點娘娘腔，三十歲不到，領軍銀色事業王國。不過，竟然面有飢色，不似身家豐厚，頭髮泛黃，臉孔薄弱得黑眼珠快要掉出來了，一抹揮不去的憂鬱氣息……如果不是全身休閒超級富豪裝扮，恐怕人家誤以為是南下的丐幫！

「Tim Sir，我的秘書說你找我，守衛也說你入了影城，迷路了？」被劉棠添死死盯着的唐海令率先開腔，淡淡然。

「看戲，嘻嘻！」劉棠添最喜歡給疑犯傻偵探的印象。「聽說，是承接《藍與黑》，是吧？」

「是的，當年拿了贊助。『香港亞洲電影投資會』認為，為了向香港的電影從業員致敬，一定要拍出一部有水準的電影，HAF，你知道嗎？很有影響力的。」

「HAF？」

「是的，HAF，你應該認識一下。」

「啊，好的，好的。」劉棠添竟然煞有介事，像小學生抄功課，拿出手機，在「雪蓮」的羣組輸入HAF的中英文名稱。

「這部新戲，說是新人什麼什麼編的劇。」又扮傻。

今趟，唐海令沒有被傻子牽住走，只說：「我們有義務培訓新人，不要讓香港電影業繼續凋零。不如言歸正傳啦。」

「言歸正傳？……嘻嘻，對不起，原來我一直言不及義。見笑了，我是一名電影迷。唔唔……」伸手入口袋，翻查，「不在，又不在——跑車座位狹窄……呀，在這兒，在這兒。」

經過一輪搜尋，在上衣內袋找出一個塑膠袋。

「不要見笑，有幾張照片，請你給我說明一下。」

塑膠袋內裝了幾張照片，劉棠添全部掏出來，左疊右疊，一下子神情凝重起來。如果作賊心虛的人，會給他弄得神經兮兮。

「不如，先看這張！」劉棠添遞給唐海令第一張照片，說：「你認得嗎？」

唐海令接過照片，觀看——一塊B字頭名牌長圍巾。

「我認得這個牌子。」

「你是這個牌子的捧場客？」

「沒有，這個牌子，是崇尚典雅的人的愛好，我的品味不太典雅。」唐海令把照片交回給劉棠添。

「太可惜了。」劉棠添收回照片。

「可惜？為什麼？」

「這塊圍巾是用你的附屬卡買的，然後，又有人用來吊頸。」

「呃……我……」

劉棠添鑑貌辨色，唐海令似乎忘記了附屬卡的事。

「唐先生，你應該知道吊頸指的是何人，可否解釋一下附屬卡？」

「我不是隨便發卡的，附屬卡也有上限。你可以聯絡我的秘書室，都有記錄。」

「明白，當然，你貴人事忙，為了種種原因，發出連自己也忘記數量的附屬卡。不過，其中沒有很多人吊頸死吧！所以，金華一定給你留下深刻印象。事後回想，你總會想起曾經給金華發過附屬卡。」

「當然，當然。《藍與黑》開拍不久，金華來找我，說在戲服上要講究，服裝師會為她特別設計。……」

「且慢——慢慢來，已經說了，我是戲迷。如果我沒有理解錯誤，她既然不是主角，她可以這樣要求？」

「你說得極對。《藍與黑》有電影基金贊助，要上報開支，她又不是第一女主角，所以，我用私人戶口處理了。唉，想不到，竟然……」

「恕我無知——女配角的戲服可以比女主角的戲服更講究？還有，《藍與黑》是五十年代做背景的，這圍巾派得上用場？」

「戲行千奇百怪，見怪不怪，我早已習慣了。」唐海令聳聳肩，說：「如果個個循規

蹈矩，我反而有不祥預感。附屬卡派出去我就闔上眼不管。女主角只會忍氣吞聲，因為有資格用『私伙』拍戲的人必定大有來頭。」

「所以我說，唐先生必定能幫上忙。今天，真是上了寶貴的一課。」收回照片，又遞上另一張，道：「不如看看這照片，我最喜歡這一張了，民國初年的蒸氣火車和火車站。唉，如果不是證物，無論如何也要弄到手，私人珍藏。唐先生——」他把照片遞給唐海令。

唐海令接過照片。

「這是《藍與黑》的廠景道具。」

「這個廠景花費很大吧？」

「這個嗎——我倒沒有印象。從國內訂購吧，花費恐怕不多。要問管行政的，是誰呢？」唐海令思索。

「Lindsay。」劉棠添提醒唐海令。

「你都知道。」

「正如你說，這套道具是從國內訂購的，不過價值嘛，就沒有你想像中的便宜。Lindsay 收到報價單時嚇了一跳……」

「不如你告訴我吧！Tim Sir，你比我更像製作人。」唐海令不想繞圈子。

「戲『爛尾』，道具如何處置？」劉棠添卻轉了話題。

「啊！」唐海令終於知道 Tim Sir 要從他口中套什麼話了。

——真的出乎意外，這探員比自己想像的更精明。

因為事出突然，唐海令的姿勢頓時變得僵硬。身體語言釋放給劉棠添的信息，是他給唬住，劉棠添暗暗高興。

「唐先生，你真的需要一個貼身秘書，把你做過的事，事無大小都一一記錄，我暫且扮演這個角色吧。在金華的葬禮之後，全套道具送了給汝之前輩，就是金華的丈夫，之後，他又把它賣回國內。這筆交易，在國內傳得熱烘烘呢。想不想知道，最誇張的穿鑿故事是怎樣？」

唐海令不語。

「最誇張的說法是，唐先生和金華小姐發生曖昧關係，事情給汝之前輩揭發了，金華羞愧自盡。作為補償也好，作為掩口費也好，道具落到他手裏。因為道具有故事，又有你加持，價錢又翻了好幾倍，讓人咋舌。」

「網上流傳毛澤東還在生呢！」

「我信呀！你呢？不過信不信其實沒相干。」劉棠添又轉話鋒了，道：「我好奇的是，又來了矛盾——製作費有限又要上報，這麼貴的道具如何報銷？唐先生，不要告訴我，又是你私人掀荷包啊！」

「你是神探，又猜中了。」

「又是金華要求？」

「又猜中了。」

「到底你有多少痛腳給人揸住，要一味給人勒索？」

「我的痛腳就是企業良心。信不信由你，爺爺叮囑，所有為銀色事業作出貢獻的前輩都要照顧，他們的要求要盡量滿足。」

「佩服佩服！」

劉棠添收回照片，預備拿出最後一張照片。這是一張致命的照片，要讓唐海令原形畢露，劉棠添把它放到最後。

「拿出來吧，我預備好了。」唐海令心想。之前兩張照片不在估計之內，而這一張，他早有防範。

卻在這個時節，劉棠添手機響起，有訊息傳入。

「請你稍等。」劉棠添查看電話，一邊跟唐海令説。

「雪蓮」羣組有一條新訊息：「HAF 有重要線索，先別揭出底牌。回來，再揣摩案情。」

10

「這是 HAF，即『香港亞洲電影投資會』網頁，你瀏覽一下。」李渡吾說。

「不如重點說要留意什麼？」劉棠添原來沒有興趣在手機上閱讀。

「香港亞洲電影投資會主席姓宋，宋芷梅。」何 Sir 單刀直入，更節省時間。

「哦！」

劉棠添於是專看宋芷梅。網頁上除了介紹，也有照片，介紹其實也很簡單，全部都是頭銜、公職等說明，至於她對香港電影有多少建樹就欠奉。從宋芷梅官方照片所見，留了長頭髮，面容單薄，眉宇間帶肅殺，東方中年女士。「除非是走實幹路線，不然，與那些富態、珠光寶氣的總理夫人同台一站，肯定給比了下去。」劉棠添想。

「即使淡薄的脂粉也見隨便，照片當然是經過處理的，所以，我看真人更沒看頭了。」劉棠添只好如此總結。

「阿 Tim，你太小看這位宋女士了！」何 Sir 說，「她是破解密室事件和樹坑藏屍的關鍵之鑰，不，是唯一的鑰匙。」

「怎麼說？」劉棠添抬頭，詢問李渡吾。

只見李渡吾站到窗下，看着窗外的景色發呆。

何兆明耍手叫他不要騷擾李渡吾，繼而說：「宋芷梅，宋懷恩出世紙上，母親一欄上寫的正是宋芷梅。」

「宋芷梅——宋懷恩——啊！他們是……」劉棠添驚訝。

何Sir點頭，道：「兩母子。」

室內一片靜寂，只剩下頭頂空調運行的細微聲音。何Sir靜待劉棠添思索，理出頭緒。

過了很久，他站起身，走到鋪陳案件的白板下。上面有很多資料和線條。他打印出宋芷梅的照片，放在關係圖的中間位置。

「宋芷梅謀殺黃美蓮，好讓兒子宋懷恩替代成為唐爵士的孫兒。」用紅筆將三人串連。

「宋芷梅謀害金華，因為金華認出唐海令其實是宋芷梅的兒子。」又用藍筆將三人串

連。

「密室極有可能是二人被害的第一現場，所以密室是宋芷梅的，鎖匙在她手上。」再用綠筆在密室和宋芷梅之間畫上線標。

「既然她有鎖匙，只有她能打開密室和關上密室。貓和人也是她困在密室的，因為死人不會泄露秘密。」最後，用棕線將原求、小芬、Lindsay 和宋芷梅聯上。

「哼，你們看，這個宋芷梅，紅、藍、綠、棕線她都有份。」

「又如何？」李渡吾轉身，終於開腔。

何 Sir 指一指白板，問劉棠添：「你明白他的意思？」

劉棠添想了一會，憤然將筆扔下。

純屬猜想，沒有任何證據！

「大家認為，唐海令知道的內幕有多少？他可以做警方的污點證人嗎？」過了一會，劉棠添嘗試討論。

何 Sir 搖頭，「我認為他所知的很多，不過，也跟我們一樣，並沒有實質證據。」

「相反，我覺得證據比比皆是，如果不是你們把我召回來，我已逮住他了。」

「你說的是附屬卡和火車道具的事？」何Sir說。

「是，經濟犯罪，把他先拉回來，再逼供。」

「附屬卡和道具買賣都合情合理，你那麼想引來大批娛樂記者？」李渡吾冷笑。

「師兄說得對，即使要拉要鎖，也只能鎖起唐海令一個，而宋芷梅仍然逍遙法外。」

「既然他出錢幫宋芷梅隱瞞，多少也應該有證據在手。他連電影也拍了，把宋芷梅謀害黃美蓮的故事搬上銀幕。」

「唐海令要把蓮姐被殺的事搬上銀幕？」李渡吾愕然。

「蓮姐？」劉棠添狐疑。

「HAF，也是唐海令給你放料？」見李渡吾說漏嘴，何兆明立刻轉移劉棠添的視線。

「是的。」

「看來，他就是要把媽媽抖出來。」

「到底唐海令搞什麼？他的立場是怎樣的？」

「不如我們先退一步，看拍戲，再決定下一步行動也不遲。」何兆明提議。

11

（佈景：空地小木門前。演員：一名男角及一名女角。男角作木工打扮，推着一輛泥頭車，走入鏡頭，把泥頭車停在一扇小木門前。女角與睡在木板上的是同一人，奔入鏡頭。）

「爸爸，快，跟我來。」

「什麼事？」

「我要盡快藏匿一個人，需要你幫忙。」

（大驚）「到底發生什麼事？你要跟我說清楚。」

「爸，沒時間了，邊行邊跟你說明。」（女角拉扯男角，瞥見木門）

「咦，這是什麼？」

「本來搭了一個露天表演台，戲拍完了無用，我拆卸了，預備間個小房間放雜物。」

「正好用來藏匿——爸，你帶上泥頭車和麻布袋，跟我來。」

（佈景：攝影棚轉角處。演員：男角、兩名女角以及一名女童角。男角推着泥頭車，車上放了麻布袋，男角和女角一同步入鏡頭。）

「爸，你先去服裝間等我，不要給人看見。」

「在哪兒等？」

「你知道那個地方，就是我躲懶睡覺的地方。」

（男角走出鏡頭，女角步向攝影棚。鏡頭攝入另一女角，二人開始唸對白）

「喂，服裝間起火了，快，快去救火。」

「我的女兒……」

「先不要管女兒，服裝燒了，我們賠不起。」

「囡囡，不要走開，我很快回來。」

（佈景：服裝間。演員：男角及兩名女角。男角藏在一塊布簾後面，兩名女角在收拾。）

「不知誰這麼缺德，竟然在服裝間抽煙！」

「沒事就好。」

「一定要把缺德鬼揪出來。」

「算吧，多一事不如少一事。我要走了。」

「先喝口茶。」（遞過來一隻保溫杯）

「不了。」

「一定要，你看你，臉無人色。這茶很管用。」

（女角慢慢喝了一兩口，交回，站起身，步向服裝間出口）

（到了門口，女角現出暈眩狀）

「咦！」

「什麼事？」（遞茶給她喝的女角趨前）

「我——」（暈眩，倒下）

「哎喲——」

（男角從布簾後走出來，扶住女角）

「就是她？你要對付她？你在茶裏放了什麼？她跟你有仇？」

「跟我沒仇。你會同意我的行為，我保證。快，把她運去小房子再說。」

（佈景：小房子。演員：男角及女角各一。道具：女人偶，放在麻布袋內。男角解開麻布袋，探索在麻布袋內的人偶氣息，女角走入鏡頭。）

「爸爸，怎麼了？」

「你闖禍了！這個女子，身體非常虛弱，一定要及時送她去醫院。」

「不要，爸爸，聽我說。你的孫兒、我的兒子，如果待在我們身邊，只會窮足一世。」

「跟這個女子有什麼關係？我認得她，人家也有孩子啊，一個女孩，比你兒子還小。」

「你不認得她，我們都不知道，原來她是爵士的新抱。」

「什麼！你有沒有弄錯？」

「沒有，我今天親耳聽到的。她的女兒是爵士的孫，唯一的孫。爵士的兒子死了，爵士答應養育孤雛。」

「你要？……」

「我要我的兒子、你的孫兒冒認是爵士的孫。他要脫貧，受良好教育，躋身上流社會。」

（同一場景，第二場 take 2）

「真的不成，我覺得她快沒氣息了，一定要送她去醫院！」

（突然，女角整個人壓到麻布袋上）

「喂，你做什麼？」

（女角大力按袋中人的頸部位置，男角企圖拉開，不成功，過了好一會）

「爸，我殺了人。」（抬頭）「爸，你鎖我拉我啦！」

（二人相看，淚流滿面）

「不然，你就幫我埋屍！」

（佈景：樹林。演員：一名男角及一名女角。道具：塞了報紙的麻布袋、鐵鏟。）

（男角將麻布袋放入洞坑，拿起鐵鏟，預備將泥土鏟入）

（場外，場記提點：有一隻貓撲入來，抓你的手）

「哎喲。」（男角大叫，丟下鐵鏟，望向右方，假裝看見有一隻做對手戲的貓）

「什麼事？」

「不知哪兒跑出一隻貓。」

「啊，給抓傷了。」（女角舉起男角的手）

（場記提點：踢貓，在身後）

「去死啦！」（女角起飛腳）

（同一佈景，第三場 take 2）

（樹坑已平整）

「爸，我替兒子多謝你。」（跪下）

「唉！」（跌坐地上）

「爸，你不是經常埋怨自己沒有好好管教我，給人搞大個肚？你說對不起我死去的媽媽。」

（男角搖頭歎息）

「你再沒有負擔了，你的孫兒順利給爵士收養了，再沒有牽掛。你幫了我這個大忙，我們扯平了。」

「你到底想說什麼？」（老淚縱橫）

「永遠離開香港，去一個沒人認識的地方，以後，當自己沒兒沒女的生活。」

「你——」

「哇——」（號啕大哭）「最後叫你一聲爸，從此以後，我也是沒爹沒孩的活，一個親人也沒有。」

12

在劉棠添的偵辦房內，何兆明和劉棠添相視而不相見，各自揣摩。

那天三個人一齊入片場看拍戲，看到最後，也就是女角跪下叫扮演爸爸的男角逃走時，李渡吾走了。

「我有事辦，先行離去，再聯絡。」李渡吾面容慘淡，這樣說。

再沒有聯絡，已經失聯五天了。

「太傷心了，初戀情人被謀害的情景要搬上銀幕。」何兆明想。當然，李渡吾和黃美蓮的關係，他絕不會向任何人透露。

此刻，劉棠添想着金華，而何兆明則掛念着小芬和雪儀。

這些天，二人碰了數次頭，理出了兩件案件的梗概。經過推敲，一致同意唐海令的身分和立場。

他有一個兇殘的媽媽，為了他，媽媽可以無惡不作。多年來，唐海令知悉媽媽一切的惡行，給隱藏身分的媽媽背後操縱。背負着的秘密讓他喘不過氣，而警方開始窮追不捨。唐海令知道，總有一天，二人會給警察趕入末路！與其給執法者逮住，他希望媽媽可以堂堂正正的去自首。

他寫了一個劇本，如果媽媽明白背後的苦心，一切便可以來一個了斷。

「結果並不如唐海令所想的。」何兆明忽然冒出一句。

劉棠添明白他說的是什麼。

不要說自首了，宋芷梅靜如深海，巨山不動。

似乎說，真相並不重要，重要的是，「你莫我奈何」！

「你的師兄有沒有消息？」劉棠添問。

何兆明說沒有。

前無去路，沒有選擇，二人都有一個下三濫的想法。

「我知道你想什麼。」劉棠添說。

何兆明說：「我也知道你想什麼，你先說。」

「捉唐海令，屈他殺人，逼佢阿媽現形。」

「這樣下三濫的想法你也想得出。」劉棠添笑。

「咁下三濫你最好唔好做，想都別想。」

正在互相取笑，有夥記敲門。

「阿頭，你出一出來。」

「什麼事？」

「有人來自首。」

「誰？」

「唐海令。」

劉棠添彈起。

「當真邪門。」何兆明說。

13

一名男子今天走入東九龍警署，聲稱自己曾經禁錮一男一女和一隻貓。事發於兩個月前，在清水灣影城。男子報稱一直仇視貓隻，當天見一男一女帶着一隻貓闖入私人地方，便用甘橘醋誘騙貓走入第一號攝影棲的一個暗格。警方並未確認該男子是否與早前清水灣影城救回的一男一女和貓隻事件有關。男子聲稱是物業擁有人，唐氏集團發表聲明，承認該男子就是集團主席唐海令。唐爵士認為孫兒一向與人為善，不相信孫兒殘害動物，因憤恨犯案。集團一定會竭盡所能證明唐主席的清白，促請警方盡快將案件移交法庭，以申請保釋。唐海令現年二十三歲，剛接掌影視集團。唐爵士年事已高，據說記憶力日漸衰退，聲明由集團董事會發出。

——31台新聞天地

14

唐雪儀把車子駛入停車場時，接到何Sir的電話。

「你找我？」

「是，我想跟你說，唐海令不是禁錮小芬的人。」雪儀留在車上跟何Sir通話。

何Sir當然知道，不過，唐雪儀又如何得知？

「甘橘醋的氣味。」

「甘橘醋？」

「電視新聞報道，唐海令供認是用甘橘醋引誘小芬，這讓我想起一件事。當天，我在一棚看見一個人影，最初以為是幻覺，不過，當傳媒發放唐海令的照片時，我認得，他就是我在　棚門前看見的人。」雪儀說。

「那豈不是更證明唐海令就是歹徒？」

「不是，剛好相反。他把甘橘醋灑在室內，很濃烈，記得嗎？而且，是在我第二次入去時聞到的。與其說他想謀害小芬他們，不如說他留下線索好讓警方去拯救。」

扣留了唐海令四天，正等候律政司提出檢控。

原以為宋芷梅會撲出來救子，豈知沒有！這個人，真夠狠！現在，連唐雪儀都這麼說。那麼，難道真要放生他們母子？

——宋芷梅是最後贏家，她憑「忍」功完勝！

忽然，何 Sir 想到一個辦法。「唐小姐，你可不可以來見唐海令？」

如果唐海令與給他偷了身分的孤女會面，會泛起一絲惻隱之心？一轉念，直接頂證媽媽也說不定。即使片面之詞，也足夠將宋芷梅被當成疑犯拘留。

「我？為什麼？」

「如果唐海令沒有犯他所供認的罪行，即是說，真正罪犯逍遙法外——」

「噢，明白，好的，如果他同意的話。」雪儀回答，她很想幫唐海令，她認定唐海令就是小芬的救命恩人。

「我叫劉 Sir 去問他，你等我消息。」

掛線後，唐雪儀離開停車場，乘電梯上住所。

15

「不，我不要見唐雪儀，我不要，求求你們。」唐海令一聽，面容難堪，猛搖頭。

劉 Sir 先是給唐海令孩子氣的一面嚇一跳，繼而竊喜，抓住他的死穴了，就是唐雪儀！早知如此——

「你不想見她？」

「不想。」

「也可以，你跟我們合作，我不叫唐雪儀來。」劉 Sir 提出交換條件。

唐海令低頭，內心掙扎一輪，淒然說：「我跟你們合作，你們想怎樣？」

16

唐雪儀來到門前，發覺有異——門虛掩。

她心頭猛跳，輕輕推開門，探視室內。

「啊！——」

一片凌亂，給人大肆搜掠過！

17

唐海令被釋放了。

「你先回家，好好休息，別妄想逃脫，我們盯實你的。」劉Sir吩咐唐海令。

「明白。」

「明天去找你。」

唐海令取回物品，回家。在保險箱內，取出一個電話。這電話，只跟一個人聯絡——宋芷梅。

電話內有一則訊息：「荔枝角一個單位給人搜索、破壞，幸好只是不見了兩幀在片場拍的、金華的劇照。屋主唐姓女孩沒有損傷，不過，誰知呢？下一次可能沒有那麼幸運。」

「啊！」

唐海令頹然坐下。

「媽媽，你要做到這個地步嗎？」他呢喃。

用震顫的手發出短訊：「我什麼都不會說，只要女孩好運。」

18

事情有了戲劇性發展，唐海令推翻之前所有證供，他並沒有做過他所說的禁錮。他想寫一個懸疑劇，他發了一個夢，連自己都信以為真。唐海令接受本台訪問時說，一切回復正常，再沒有任何補充。

——31台新聞天地

所有事情又回到原點，死結始終解不開。

兩位神探束手無策，連最有力的證據——金華的照片也給對方偷去了！令人最不甘心的是，石頭翻開，蛇蟲鼠蟻全暴露在陽光下，又眼白白看着牠們向四方逃脫。

這一天，當他們二人在偵辦房商討如何了結時，久違了的李渡吾出現眼前。

「師兄，我以為你返了新加坡。」

「我確實回新加坡一轉，又回來了。」

「見白費心機，便撒手不管！」劉棠添哼一聲，說得坦白。

李渡吾不作聲。

「好歹回來了，等 Tim Sir 搞埋啲手尾，出去吃飯，好聚好散。」何 Sir 打圓場。

「只怕手尾長，你沒時間吃飯。」李渡吾卻說。

「為什麼？」劉棠添當即放下擱在桌子上的雙腳，問。

李渡吾從背包取出一個文件夾，拋到桌上。

「將這個消息發放出去，宋芷梅就會乖乖自投羅網。」

19

科技一日千里，為反詐研發的人工智能，同時解開懸案之謎，協助警方尋找真兇

「激光誘導熒光成影技術（LSF），可以令骨頭周圍肉眼看不到的軟組織在黑暗中發出熒光」。新加坡反詐公司執行官所羅門李這樣介紹。最先，LSF 的研發，是用來追蹤網路黑客，所羅門李一天忽發奇想，同樣道理，LSF 是不是也可以用來追查逃到天涯的罪犯？

所羅門李曾在香港警隊服務，他把 LSF 技術帶去香港，尋求研究合作。警隊將一具藏在麻布袋內的枯骨交予他研究。枯骨估計於二十年前埋下，因颱風山竹而揭露出來。所羅門李在麻布袋上發現了不屬於死者的血漬，意外地揭發死者給人謀害。所羅門李的假設成立，LSF 真是警察的好幫手。據聞血漬屬於一名宋姓男子，現年七十三歲。「只要警方要求，我可以在七十二小時之內追蹤到這名男子的位置，即使他藏到外太空也可以。」所羅門李很自豪的説。

——星洲報，科學新知

20

黃美蓮的安息禮拜在一間小教堂舉行。

雪儀瞥見一名陌生男子坐在最後排，全身黑服，神情哀傷。

「誰？媽媽的朋友？」雪儀狐疑。

「但義人的路好像黎明的光，愈照愈明，直到日午。惡人的道好像幽暗，自己不知因什麼跌倒。這是《聖經．箴言》的話，也正好用以描述黃美蓮女士多年之後沉冤得雪……」何兆明受唐雪儀所託致詞。

劉棠添遲到，推門進來時，一眼看見李渡吾，也就是唐雪儀不認識的男子，便坐到他身邊。

「真有你的，還未正式多謝你。」劉棠添首次對李渡吾表示欽佩。

李渡吾只淡然一笑。

「喂，其實我一直想問，你真的可以追蹤到宋芷梅的爸爸？」

「你信就可以，不信就不可以。」

「嘿嘿，真有你的。」過一會又說：「宋芷梅確實來自首了，不過，她只認因妒忌殺了黃美蓮，金華案和密室案卻抵死不認。」

「如果認了，兒子頂包一事便被抽出來，她的兒子便要打回原形。」

「可惜呢，她如何殺害金華，如何將貓兒他們困在密室便永遠成了謎。」

「你想拍香港重案實錄？」

「想呀！唔好咩？」劉棠添不期然坐直身子，撥一撥頭髮。

過一會，又說：「唐雪儀始終不知道自己的身世。」

李渡吾面容掠過一絲別人讀不懂的苦澀。

劉棠添收到的訊息是，李渡吾根本不想搭理他！除非他不想繼續坐在李渡吾身邊，不然便閉嘴。他安靜下來了，直到安息禮拜結束。

唐雪儀站到門口，朋友一一上前寒暄、慰問。

那名男子也隨着人羣步出教堂。

「正好趁機會問他是誰。」唐雪儀心想。

陌生人卻沒有上前握手，從另一條路走開了，頭也不回。

唐雪儀望着那人的背影，好生疑惑。

「是誰呢？」

只感到那背影無比的孤單、落寞。

我獨自走過你身旁
並沒有話要對你講
我不敢抬頭看着你的哦……臉龐

你問我要去向何方
我指着大海的方向
你的驚奇像是給我哦……讚揚

你問我要去向何方
我指着大海的方向
你問我要去向何方
我指着大海的方向

你帶我走進你的花房
我無法逃脫花的迷香
我不知不覺忘記了哦……方向

你說我世上最堅強
我說你世上最善良
我不知不覺已和花兒哦……一樣

你說我世上最堅強
我說你世上最善良
你說我世上最堅強
我說你世上最善良

你要我留在這地方
你要我和它們一樣
我看着你默默地説哦……不能這樣

我想要回到老地方
我想要走在老路上
這時我才知離不開你哦……姑娘

我就要回到老地方
我就要走在老路上
我明知我已離不開你哦……姑娘

我就要回到老地方
我就要走在老路上
我明知我已離不開你，哦，姑娘

我就要回到老地方
我就要走在老路上
我明知我已離不開你，哦，姑娘

崔健《花房姑娘》